NF文庫
ノンフィクション

海兵四号生徒

江田島に捧げた青春

豊田 穣

潮書房光人新社

『海兵四号生徒』目次

海兵四号生徒

第一部

柔道部の五人

一

国会議事堂前の広場から、内幸町の交差点に抜ける道路は、短いが広い通りである。中央にグリーンベルトがあり、通産省、海上保安庁などの官庁が両側に並んでいる。通りをひとつ横断すると、右側にはビルが立ち並び、左側には家庭裁判所、図書館、公会堂がある。このあたりは、ある種のセンターということができる。家庭裁判所の裏側は、窓に鉄格子がはまっており、ときおり、鑑別所から少年を運ぶトラックが着く。日比谷図書館の手前で盛田は鼠色の車を見た。幌をかむったトラックのなかに、やはり鼠色の服をつけた警官が並んで腰をかけていた。幌のなかの彼らは、ヘルメットをかむり、顎紐をかけ、緊張していた。それは兵舎から飛行場に運ばれる落下傘部隊の兵士たちを盛田に連想させた。
三台のトラックの周囲に、やはり鼠色の服の警官が何人か立っており、そのなかの一人は、スピーカーを口にあてていた。それとは別に、すぐ近くから人の叫ぶ声が流れていた。それは、××反対と叫んでいるようであった。××の内容はベトナム戦争であり、原水爆であり、アメリカ帝国主義であり、保守党内閣であり、要するに、この声はいくつかの状態に反対を唱えているのであった。家庭裁判所の裏を左に回ると、小高い所に野外音楽堂があり、そこで学生の集会がひらかれているのである。ハンタイの声がおさまると、一つの声が朗読をはじめた。激越しており、決議文を読み上げているふうに聞こえた。

盛田はそれを聞きながら、家庭裁判所の裏口に近い舗道に立っていた。警官隊との距離は約三十メートルである。盛田の会社はこの通りの向かい側にあり、彼には学生と警官隊の抗争は珍しくなかった。一九六〇年安保騒動のときにはこの広い道路いっぱいに学生が横隊になって、ジグザグ運動をやり、警官隊と乱闘したのを屋上から眺めたこともある。そのとき、彼は眺めたのであり、それは彼がどちらにも関心を持っていなかったことを示す。しかし、いま、彼はかなりの関心をもって、学生の演説に耳を傾けていた。センテンスが短く、速射砲の射撃のように音響は大きいが、内容のよく聞きとれぬ学生の叫びを聞きながら、彼は学生たちが音楽堂から出て来るのを待っていた。終戦記念日が近く、街には暑熱があった。学者の説を待つまでもなく、スモッグに蔽（おお）われることによって、都市の暑熱はいっそう堪えがたくなるということが理解される。盛田は鞄を左掌に持ちかえ、右掌の甲で、おとがいの汗をぬぐった。

――おれがいま、学生の行動に関心をもっているのは、かならずしも彼らに共感を抱いているからではない。いまから岐阜県の郷里に帰り、かつての柔道部の旧友が催（もよお）す同窓会に出席するということが、おれと現代の青年との距離を短くしているのにちがいない。

彼はそう考えていた。昭和七年から十一年まで、岐阜県の郡部の中学校で柔道を学んだ五人の少年のうち、一人は戦死し、残った四人が集まろうとしている。四人のうち一人は不具である。戦争の来訪を遠雷のように一つの啓示としてうけとめながら、古い日本とともに動いた彼らの少年時代の記憶が、いま盛田を現代の青年たちと、複雑な糸で結びつけようとしているのである。

盛田は警官の一人が自分の方を注視しているのを意識しながら、学生が現われるのを待っていた。演説は終わり、潮騒に似たものが音楽堂の付近の空気をゆるがせ、やがて、隊列を組んだ学生の一群があふれ出た。警官隊は緊張し、怒号が発せられ、旗がゆれた。盛田の連想は遠いところにあった。

旗が兵士出征の駅頭を思わせ、叫喚は戦場の出陣に似ていた。現代の青年と戦争中の青年とどちらが幸福といえるのであろうか。二十年の間、日本の地上から戦火は姿を消している。現代の青年は二十年前の青年より幸福であるべきだ。にもかかわらず、盛田は迷っている。おれたちの青春は無意味だったのか。柔道を学び、それが軍人志願に発展し、前線に出撃し、捕虜となることによって、祖国に殉ずるという念願が挫折した、そのような青春は徒労であったのか。そう自問しながら、盛田はデモ隊の列を避け、舗道の縁をつたって歩きはじめた。

二

東京駅から盛田は列車に乗った。昼の新幹線はかなり混んでいた。盛田の席は三人並んだ中央の席であった。列車がスタートすると窓ぎわの男が携帯ラジオのスイッチを入れた。騒音が聞こえ、その裏に熱気をはらんでいた。甲子園の高校野球がはじまっていた。周囲の客に反響があり、車内に、関心をもっている人間が多いのをさとると、その男は当然のようにラジオのボリュームをあげた。アナウンサーの煽動的な声が車内の空気を攪拌し、盛田の思考もその方にひきよせられた。勝敗によせる人間の関心、とくに熱狂と呼ばれる異常な興奮状態を、盛田は不思議なものに感じることがある。少年のころ柔道の勝負に生き甲斐を感じ、戦場で軍人として生と死の明滅する時間を過ごした経験を彼はもっている。しかし、いま彼はそのような没我の時間を奇異なものに感じながら、懐かしさを感じることもある。それは中年の現在にいたって、そのように没入する時間をもつことが、ほとんどないということによるのかも知れない。

戦争が終わって二十年が経過し、日本の地上は、いま平和だ。どのような危険が内在しているか、盛田のような一介のサラリーマンにはわからない。平和であるということは、よいことなのであろう。そして、その国民の多くがさまざまな勝敗に興奮を感じている姿を盛田は奇異に感じるのである。盛田は海軍飛行将校としてソロモンの海戦に参加し、撃墜され、一週間の漂流の後捕虜となり、米軍の収容所を転々として戦後帰国した。三年間の収容所生活のあいだに、考えるべき多くの事件があった。そのとき考えた勝敗についての疑問はいまも解けない。盛田の考えによれば、多くの勝負には利害がともない、戦争もその一種である。かつて日本は尚武の国であり、勝利と征服への意志が戦争の大きな要因であったことは否めない。しかし、戦争が終わり、長い平和を経験していながら、大衆は勝負によせる関心を深め、勝利者を英雄とする思考法を改めようとはしない。人類は原始から戦ってきたし、文明をもつ現代でも、やはり戦いを好むのではないか。――これが彼の単純な疑問である。

列車は進行し、ラジオは騒音の間に喚声をまじえ、アナウンサーの声はオクターブを高め、ゲームがエキサイトしていることを示した。窓の外は湘南の海であり、海は夏の光線をその色に示していた。列車はやがてトンネルにはいり、視野を失った盛田の脳裡に、連想による一つの回想が円を描いた。野球の放送が彼にもたらした連想は柔道場の畳であった。

昭和十年、盛田は、中学四年生であった。彼にとって、記憶すべき多くの事件があった年であるが、この年の夏、京都の武徳殿で全国中等学校柔道大会があった。同じころ甲子園では中等野球大会が進行していた。柔道大会に選手を派遣している学校のなかには、甲子園に参加している学校もあり、武徳殿の控え室でも、進行中のゲームのようすが話題になった。野球の強い学校に声援する生徒もいた。盛田の中学は野球が弱く、甲子園に選手を送ったことはないので、目前の柔道の試合に専念すればよかったのであるが、成績は香しくなかった。試合は全国から参加した百余校がトーナメントを行なうのであるが、優勝するには、八回戦を勝ち抜かねばならない。

第一回戦、彼の属する元洲中学は、奈良県のG中学と組んだ。先鋒の佐分利が内股で一本をとり、中堅の今井が大外刈りで一本を奪われた。チームは五人編成で、方法は勝ち抜きではなく、一対一の個人戦である。勝ち点は先鋒、次将、中堅が一点で、副将と大将は一点五分である。元洲中学柔道部にはかなりの伝統があり、二年前の全盛時代には岐阜県下で春秋の大会に優勝し、京都の全国大会でも決勝戦に進出し、準優勝となった戦績を残している。しかし、この年は選手の層がうすく、五年生の大将、森以外は四年生であった。勝負は中堅まで一対一できて、副将の盛田の番にきた。

盛田は体重はあるが背が低く、人類学者のいう蒙古系の長胴短足族の系統である。得意業は内股、大外刈りであるが、脚が短いため勝ち味が遅く、けいこではかなり強いのだが、対外試合では引き分けが多かった。相手は長身で、盛田が苦手とする左の構えであった。左半身に構え、内股でも大外でも左脚をとばすのである。組んだとき盛田は危険を感じた。長身の相手に左内股をかけて捲きこまれると防ぐのに困難である。組んで間もなく、盛田は自衛の意味で一つのすかし業をかけた。右の釣り込み腰にゆくとみせて、右足で相手の左脚を払うのである。左構えの相手は釣り込み腰を警戒するため、自分の左脚を前に出し、体重を右脚から左脚に移して防ごうとする。相手は盛田に対して直角の左半身になり、重心は体の中心線から左側に移りつつある。そこをすかさず左脚を払うのである。一種のすかし業であり、脚が短く、左業の相手を苦手とする盛田が、ある選手の業をみて工夫したものである。正攻法ではないが、左構えの、とくに初体面の相手にはよく利いた。相手は意外な時点で重心の移りかかった左脚を大きく払われ、背中から畳の上に落ちた。このような業に出合ったことがなかったのであろう。

「一本！」

審判の声が響き、盛田は正攻法でない業で勝ったことに多少のうしろめたさを感じながら立礼をした。相手は意外そうであった。自分より小さな相手に、得意業をふるうこともなく、十秒にして奇手に倒れたことが無念であったのであろう。上目で盛田をにらむと、うつむき加減に自席にもどった。大将同士は引き分けとなり、元洲中学は二回戦に進むこととなった。

控え室にかえると、柔道教師の広瀬が盛田の肩を叩いた。

「おい、珍しいぞ。盛田があそこで一本とるとは思わんじゃった」

喜びと冷やかしが半々になった言い方であった。柔道部長の坂元は複雑な表情を示していた。

「うん、まあとにかく二回戦に進めたことはよか。しかし、盛田、勝つならやはり、正攻法で勝たにゃのう」

彼は腕を組みながらそう言った。

このことばは盛田に微妙な影響を及ぼした。盛田はそのことばに反発し、チームを勝利に導いた自分の業に自負を感じながら、やはりそのことばにこだわっていた。坂元が平素、自分よりも勝ち味の早い佐分利や今井をかわいがるふうのあることにも原因があった。

つづいて第二回戦が行なわれた。相手は京都府立のS中学であった。一回戦の相手とほぼ同等の実力で、中堅までの三人は引き分けで、副将の盛田の出番となった。相手はやはり五尺七寸くらいの長身で、先刻、対戦した相手と似ていた。こんどの相手は右業であった。盛田の心には動揺があった。先ほど勝利の原動力になったので、こんども相手を倒して決定点をあげたいという野心があった。その反面、自分が二回もつづいてチームのヒーローになるほど幸運であるはずはないという、危惧に似たものがあった。しかし、こんどの相手は右業なので、先ほどのようなすかし業の小外刈りは利かない。相手が長身なので、大外刈りや内股も効を奏しそうにない。そのような考えが短い時間に盛田の頭のなかでぶつかり合い、結局、小脳から下された運動の指令は大内刈りであった。自分の右脚によって、相手の左脚を内側から払うのである。盛田は前哨戦の意味でこの動作を試みたのであるが、この業には決断を欠いていた。先ほどの坂元の苦言が彼の動作にブレーキをかけていたのかも知れない。大内刈りが半ばかかったところで、盛田のかけ方が徹底を欠いていることを見抜いた相手は、逆をとり、長い脚で大きく盛田の脚を払い返した。盛田の体は宙に浮き、響きをたてて畳の上に落ちた。

武徳殿の畳が震動し、古風な格天井が揺れ、彼は軽いめまいを感じた。ゆっくり立ち上がると礼をすませ、うつむき加減に自分の席にもどった。先ほど彼に虚を衝かれて、悄然と自席にもどってゆく選手の後ろ姿が彼の脳裡にあった。盛田の同輩は意外そうな表情で彼を迎えた。一回戦の鮮やかな勝ちを見ているだけに、盛田の敗け方があっけなかったのであろう。大将の森が引き分けとなり、この年、元洲中学は二回戦で敗退した。道場から控え室に通ずる渡り廊下を歩きながら、盛田はどのような顔で坂元が自分を迎えるか、と考えた。

「おい、元気を出せ、来年がある、おれたちはまだ四年生なんだ」

佐分利が後ろから肩を叩いた。佐分利は柔道においても、学業においても盛田のライバルであった。佐分利に慰められても、盛田の心は和まなかった。戦いは終わったのであり、敗北感だけが肩のあたりに残っていた。

三

盛田の母校、元洲中学校は岐阜市の西北八キロの地点にある。岐阜市の北郊にある駅から、私鉄で二十分ほど西へゆくと、北方（きたがた）という町に着く。中学は北方駅から北へ一キロ足らずの地点にあった。長良川の支流、糸貫（いとぬき）川が学校の西側を流れ、広い河原があり、多くの洲があった。堤の桜並木が開花すれば春であり、秋には河原に月見草やコスモスに似た花が見られた。

盛田の家は、東海道線で岐阜駅のつぎにある穂積駅の北にあった。彼はここから五キロ北にある中学まで、自転車で通った。五年間、埃の多い田野の街道を自転車で走ったのである。

今回も盛田は母校の町へ行くのに、岐阜市から電車に乗ることをせずに、穂積の町から自転車に乗ってゆくことにした。穂積の町には、盛田が少年時代を過ごした家が残っており、いまは弟夫婦が住んでいる。昭和五年に満鉄を退社して帰国した父が、当時の文化住宅を模して建てた家であるが、この家も五年ぶりである。家の前には小川が流れており、盛田は小学生のとき、自転車でこの橋を渡ろうとして川に落ちた記憶がある。

弟は勤めに出ており、嫁が出て挨拶をした。自転車を借りると、盛田は街道に出た。田舎の部落らしい町並みを左右に眺め、自転車を漕ぎながら、盛田は太股の内側に軽い痛みを感じ、何年も自転車に乗らなかったことに考えおよんだ。自転車は穂積の町を抜け、糸貫川の堤を登る坂道にかかった。この川の上流左岸に元洲中学は位置している。堤にのぼると桜の並木にかかった。このあたりは穂積の藍景堤（らんけいてい）といって、桜の名所であったが、下流の方は戦争の末期、燃料とするために切られ、いまはこの付近を残すのみである。右手に苗代田（なよだ）橋という橋があり、これを渡って左岸の堤に出ると、ふたたび桜並木の中を走った。盛夏であり、桜の葉は肉が厚く、顔を近づければ、いきれでむせそうな予感があった。やがて右手に神社が見え、そこから道は下り坂にかかる。坂を下ると自転車は惰性で広い松並木にはいる。岐阜の鏡島から美江寺を通って赤坂に抜ける中仙道の名残である。左手に茶屋が二軒並び、これはかなり古いものと思われる。このあたりを二軒家と呼ぶ。

中仙道を百メートルほどで右へ折れ、長い単調な道に出る。ここから生津村をへて、道は北方に到る。五キロの通学路のなかで、二軒家から生津にいたる一・五キロの道が、もっとも長い直線コースである。両側はすべて水田であり、稲が黄金の穂を見せている。左側は糸貫川の堤防が近く、右手ははるかな稲穂の広がりの向こうに長良川の堤防があり、その向こうに金華山が遠望される。

この付近は低地であり、彼が通学していたころは、長良川や糸貫川が増水すると、中仙道をふくめて、道路は冠水した。いま、糸貫川は両端を締め切られて廃川となり、河川改修が進行したため、道路に水がのるようなことはないらしい。長い単調な道を、ペダルの上下運動によって前進しながら、なぜ自分が三十五年前と同じ方法で中学へ向かうのか、盛田は自問してみた。自問しながら、彼は空を仰いだ。太陽は天心に近く、太陽と下界の間には高層雲があり、太陽は鈍い色と激しい熱気を帯びて、美濃の田野に日照を送っていた。

盛田は視線を落とし、両側に流れ去ってゆく水田に目をやった。水田の水面は噛んだら青い汁を噴き出しそうな稲の茎によって満たされ、少ない空間をひたしている水の表が陽光を浴びて、ときおり、金色の光線を乱反射させる。

――おれが三十年昔と同じ道を、同じ方法で登校するのは、おれが中学時代を回想し、これを分析し、それによって自分の精神構造を再認識する必要を感じているからであろう……。

と彼は考えた。

盛田が元洲中学校の柔道部にはいったのは、昭和七年の四月十五日である。入学式が四月八日であり、授業は九日からはじまった。中学にはいったことに、盛田はそれほどの感激を覚えなかった。盛田の村では、とくに成績のよいものは岐阜市の県立第一中学校にはいった。盛田も受験をすすめられたが、断念し元洲中学に決めた。県立一中は三倍近い競争率であり、元洲中学は百人の募集に対して八十人前後の志願者だと聞いていたからである。県立一中が明治初年以来の歴史をもっているのに対し、元洲中学は第一次大戦後、全国に増設された県立中学の一つであり、二流であることを免れなかった。

このころの盛田は受験勉強がきらいであり、受験して落ちることを恐れる臆病者であり、一種の見栄っ張りでもあった。盛田は小学校を二番で卒業した。一番の関谷は大阪へ奉公にゆき、三番の今井は県立一中を受けて落ち、元洲中学に補欠ではいってきた。はじめから受験しなかった盛田は先見の明があったのであり、人生におけるいくつかの真剣勝負を避けることによって、実利を得た歴史上の多くの卑怯者と同じ程度に聡明であったのである。

いずれにしても、二流の中学に安易に入学した盛田が大きな感激を覚えなかったことは不自然ではなかろう。盛田の感激はむしろ登校の途中、桜が満開の糸貫川の堤を、新しい自転車で走ることにあったといってよかろう。

四月九日の午前、英語、代数、国語、物理の授業を終わって昼休みとなり、盛田はほかの生徒とともに弁当をひらいた。菜は卵焼き、いんげんの煮つけ、塩こんぶである。今井のほかは知らぬ顔ばかりなので、盛田は弁当のふたに茶をくみ、黙って冷えた飯に箸を刺した。

そのとき、騒音とともに、一団の青年が教室にはいってきた。ある者は柔道着を着用し、ある者は学生服の胸のボタンをはずし、ある者は和服で、朴歯の高下駄をさげていた。

　盛田は少年雑誌の佐藤紅緑の小説などで、このような風俗が昭和年代の田舎の中学校にも現存しているであろうことを想像していたので、さして驚かなかった。柔道着を着た背の高い青年が言った。

「おい、一年生諸君。入学おめでとう。おれは柔道部の主将馬淵というもんだ。おい、みんな柔道部にはいれよ。元中の柔道部は県下一を目ざしとる。諸君の入部を歓迎するぞ」

　つづいて和服の青年が、長い羽織の紐を首の後ろにはねあげると言った。

「おい、一年生。いま、日本はどういう時代か知っているか。東洋の盟主日本は、いま、非常時に際会している。国家有用の材としてお役に立つには、体をきたえておくことだ。それには、柔よく剛を制す。柔道の精神はすなわち日本精神だ」

　主将の馬淵が、突然、柔道着の上衣をぬいだ。下は裸身だった。

「みろ、柔道をやるとこんないい体になるんやぞ」

　彼は色が白く、肌が紅潮しており、それを美しいものに盛田は思った。

「そうだ、そうだ。体がよくなると、女学生にもてるぞ」

　と和服の男が言った。一年生は笑った。

「いいか、いまから紙を配るから、希望者は名前を書いて柔道部長の坂元先生に提出しろ」

　馬淵の指示で、ほかの三人が用紙を配りはじめた。馬淵はひとり残って一年生を物色していたが、一番後ろの席に来ると、

「お前、いい体をしとるな、立ってみい」

といった。佐分利が立ち上がった。彼は組でいちばん背が高く、五尺四寸近くあった。

「うむ、いい体だ。どうだ柔道部にはいらんか。お前なら二段は間違いないぞ」

馬淵の掌が肩におかれると、佐分利は大きくうなずき、

「はいります」

といった。

「ようし、大物がかかったぞ」

馬淵は喚声をあげると、つぎに佐分利のとなりにいる大柄な少年に視線を向けた。

「お前はどうだ。がっちりしとるが、はいらんか」

この少年は佐分利より身長はやや低かったが、肩幅は佐分利より広かった。

「はあ、うちで両親と相談してからはいります」

「そうか、慎重だな、お前……」

馬淵は少年の席の名札をみると言った。

「なんだ、お前、四年の鷲見の弟じゃないか」

「はい」

「なら問題はないやないか。鷲見は三年生で初段になった傑物だぞ。兄貴に負けるな、はいれ、はいれ」

「はあ、よく考えてから……」

「ちえ、年寄りくせえことをいうな」

馬淵は肩を叩くと、つぎの席に移った。

　このようにして数人の一年生が勧誘された。

　盛田は、ひそかに馬淵が自分のところにも来ることを待ち望んでいた。彼は背が高い方ではなく、目立たない体格だった。小学校のとき、大きな子供とけんかして負けることが多かった。小学校六年生のとき、彼は高等科二年の少年に頰を撲(う)たれた。放課後、校庭に乗りすてられてあった自転車に盛田は乗ってみた。校庭を一周したとき、剣道のけいこを終わった少年の一群が出て来た。手に竹刀(しない)を持っていた。自転車はそのなかの一人、加藤という高等科二年生のものだった。

「おい、お前、東只越(ただこし)のものやろう」

　加藤は盛田を自転車からおろすと、平手打ちをあたえた。こういうなぐられ方をされたことのなかった盛田に、これはこたえた。加藤は西只越という部落に住み、東と西は仲が悪かった。東は駅に近く商店街があり、サラリーマンも多かった。西はほとんどが農家である。

　盛田はあやまると自転車を加藤に返した。そのとき他の少年がいった。

「おい、加藤、この自転車、ハンドルが曲がっとるぞ」

「なに！」

　ふりむいた加藤は、ハンドルを確かめることをせず、盛田の肩をつかむと、ひきもどした。

「てめえ、ころんだな」

「いや、ころんだりなんかしないよ」

「このやろう、満州から来たと思って、東京弁なんか使いやがって……」

加藤はつづけて三つ、盛田の頰を撲った。血液が上昇してゆくのを盛田は感じた。満州から転校してきたサラリーマンの息子で、東の部落に住んでいる下級生への憎しみが、その平手打ちのなかにこもっていた。盛田は生意気な下級生と見られていたのであろう。加藤は剣道部の主将で、対校試合のほか、青年団の試合にも出張していた。盛田は体を熱くしながら、加藤を見上げていた。背の高い相手は、竹刀を杖についたまま彼を眺めおろしていた。剣道の選手であるという自負が加藤の眼のなかにあり、それが下級生をなぐるという行為を正当化しているように考えられた。怒りを発しながら、盛田の脚はついに地を蹴ることがなかった。上級生の力に屈したのであるが、この場合、彼にとって暴力の象徴は竹刀であった。

盛田はそれまで、今井とともに、剣道のけいこに出ていたが、それをやめた。

「いいか、泥棒がはいったとき、竹刀をもってお面というわけにゆくか。そこへゆくと、柔道だよ。やわらの当て身をくらわせれば、泥的など一撃さ」

彼は剣道をつづける今井にそう説明した。そのとき、彼の胸の底にあった考えは単純である。剣道の強い上級生に殴られて殴り返せなかった。今後は柔道を修業して、あいつより強いものになろう。この思考は永く持続した。これが、彼に柔道部を志願させた大きな理由である。

しかし、彼の期待に反して、馬淵は盛田のところには勧誘に来なかった。盛田が強い選手になる可能性は、予見されていなかったのである。盛田は渡された用紙に名前を書き、後刻、佐分利がそれらをまとめて、国漢の教師である坂元に提出した。

柔道部につづいて、剣道部、野球部、陸上競技部などが勧誘にきたが、どの選手も盛田を黙殺した。

――だれもおれを認めてはいない。しかし、おれは努力すなわち精神力によって、佐分利や鷲見に負けない柔道選手になってみせる……。

これが、このとき十三歳の少年の決意である。


盛田たちの入部は認められ、四月十二日から、放課後の練習に参加することになった。それ以前に、正課の柔道が一時間あった。正課は週に一時間であり、第一回は受け身であった。畳の上に横になり、左右に体を回転させて片掌で畳を打つ受け身からはじまって、前方に転回して畳を打って立ち上がる受け身まで数種あるが、第一回は初歩の受け身だけであり、意気込んでいた盛田たちは失望した。教師は清川という五段であり、盛田の隣村で接骨医を開業しており、そちらの方に力を入れているということであった。この教師について気に入ったのは、両の耳がつぶれていることと、背が盛田のように低くて肥満していることだけであった。正課と違って課外の柔道練習ははじめから乱取りであった。

一年生の新しい柔道着の臭いが九十畳敷きの道場にひろがった。分厚い柔道着の新しい繊維は、白でなく黄色であった。五年生の馬淵を一番上座に、一年生の盛田たちまで、百人近い柔道部員が横に並んで正座した。向かい側に柔道教師の清川と、部長の坂元が座った。馬淵が「礼」と号令し、けいこがはじまった。まっさきに一年生に挑んだのは二年生であった。彼らはいままで最下級生として上級生に絞られていたので、それを順送りに新入生に伝えようという意図がはたらいていた。体の大きい佐分利や鷲見は二年生のやはり大きな生徒にひき出された。体が大きくても業を全然知らないので、佐分利は大外刈りで、鷲見は背負い投げで畳に叩きつけられた。受け身をほとんど知らないため、佐分利は頭を打ち、鷲見は腰を打って、しばらく立ち上がれなかった。

「おい、やろうか」

盛田のところにきたのは鷲見の兄である四年生の鷲見である。五尺七寸の鷲見と、五尺そこそこの盛田は組みあって道場の中央に出た。鷲見は足払いをかけると、畳に落ちるときに畳を打つことを教えた。このようにして習うと、ひとりでやっているときよりも受け身は覚えやすかった。

「そうら、ゆくぞ」

鷲見のかけ声とともに、盛田の体は宙に躍った。畳に落ちると同時に、盛田は左掌で畳を打った。これが鷲見の得意な内股という業であることをあとで知った。

「うむ、うまいぞ、おい馬場、こいつを教えてやってくれ、受け身がうまいぞ」

盛田は、四年生の正選手でやはり初段である馬場の手に渡された。鷲見より背は少し低いが、いっそう肩幅の広い馬場は、払い腰や釣り込み腰が得意だった。盛田は二十回ほど投げられ、受け身になれた。わかれぎわに馬場は言った。

「受け身がうまいだけではいかんぞ。なにか得意な業をつくれ。お前は背が低いから、背負い投げがいいだろう」

つぎの日の朝、自転車で熊野神社の坂を降り、二軒家にかかると後ろから呼びとめられた。

「おい、お前、盛田やねえか」

自転車で横に並んだのは加藤であった。盛田はいやな気がした。加藤は農林学校の制服をつけ、あのときとは違って新しい自転車に乗っていた。高等二年から農林にはいり、彼も一年生であった。

「お前、柔道やるんか」

加藤は盛田の自転車のハンドルにかけてある柔道着に目をつけた。盛田は黙ってうなずいた。

「そうか、おれはやはり剣道だ。しかし、面白くねえな。三年生の野郎が威張ってやがってな」

そのとき、通学の小学生が向こうからすれ違った。

「柔道、白帯！」

と小学生のひとりがどなり、他の子供たちもはやした。

柔道着の帯は五級までが白帯、三、四級が青、一、二級が茶、初段以上が黒になっていた。中学校の柔道部では一番下が八級であり、はいったばかりの盛田は、その下の無級であった。

小学生に白帯とはやされたとき、無念の思いが盛田の胸にあったが、彼は唇をひきしめただけでこらえた。剣道ではとなりにいる加藤にかなわないし、柔道においてはまさしく白帯であったからである。

一週間ほどすると、正課も受け身を卒業し、課外の乱取りでは少しずつ業を覚えた。二年や三年は相変わらず一年生を投げ倒し、五年生はその二年や三年を絞り上げ、四年生は一年生に業を教えた。盛田はとくに馬場にかわいがられ、背負い投げを教えられた。しかし、盛田は四年生でありながら実力全校一といわれる鷲見に、あこがれに近いものを抱き、鷲見のように豪快な内股を使えるような選手になりたいと考えた。

馬場のほかに、四年生の黒木がときどきけいこをつけてくれた。黒木は盛田と同村の雑貨屋の息子で、村では不良ということになっている。一年落第しているのだが、五年生を呼び捨てにし、けいこも出たり出なかったりで、整列のときは、わざと一年生の一番後ろに大きな体をかがめるようにして座った。要するに彼はアウトローであったのであり、実力では鷲見以外には彼にかなうものはいないといわれながら、近づく県下大会の選手にも出してもらえないということが耳にはいると、盛田は黒木に親しみを感じた。自分はとても黒木のようなアウトローにはなれないと考え、また単なる無法者を一種の反逆児と考えるような青春の思考法であったのかも知れない。

四月二十日を過ぎると、糸貫川堤の桜も散り、葉桜の緑が堤に一種の息苦しさをあたえはじめた。ある日の午後、けいこを終わった盛田は、同村の牛本とともに自転車で生津から二軒家にいたる長い道を漕いだ。牛本は小学校時代から剣道をやっており、竹刀を自転車にしばりつけていた。両側の水田には苗代がつくられはじめていたが、蛙の声はまだ聞こえて来なかった。

二軒家の松並木にはいったところで、二人は自転車からおろされた。体の大きな農林の生徒が五人ばかり立っていた。

「おい、元中の一年坊主。お前、柔道部か」

背の高い男が自転車の柔道着に手をかけた。盛田はだまってうなずいた。生徒たちの後ろに加藤の顔が見えた。危険な予感がしたが、逃げることはできないという考えが、決定した方針のように盛田の頭のなかにあった。

「おれは岐阜農林剣道部の近藤だ」

とその男は言ったが、盛田はその名前を知らず、それが男を不愉快にさせたらしい。

「それやから柔道部なんかだめやというんじゃ。ほれ！」

近藤は盛田の柔道着を道の上に投げると、靴で踏んだ。盛田は叫びをあげて柔道着の方に走った。

「そら！」

近藤が足をあげて盛田の腰を蹴った。盛田の腰は意外に重く、一蹴りだけでは倒れなかった。彼は近藤の流れた足に抱きついた。近藤は片脚でたたらをふみながら、後ろにさがり、盛田の襟をつかむと、そこを支点にして体をひねった。盛田はなおも脚をはなさなかった。脚に組みついた盛田の頭のなかにあったのは、——柔道着はおれの魂だ、ということばであった。少年雑誌に出てくる武道の物語によって小学生時代の精神形成をしていた盛田にとって、これはそれほど不思議な発想ではないといえる。柔道着がそこになかったならば、彼は怯(おび)えたまま殴られていたであろうが、柔道着を守るというテーゼによって、一種の献身無我の行為が生じたのである。これは後に彼が海軍を志願するときの理由である、一死報国や滅私奉公の思想につながるもので、盛田における一種の帰依の思想の発芽として興味深い現象といえる。

盛田は脚をはなすと、相手の服をつかみ、体を沈めて背負い投げをかけた。馬場に教わった業であり、未熟ではあったが、相手は少し驚いた。

「このやろ、一年坊主のくせに業などかけやがって……」

相手はその業をこらえると、逆に脚をからめて、盛田を地面に倒した。結局、盛田は三人ほどの生徒につかまえられ、ころがされ、殴られ、下駄で顔を踏まれたりした。

このとき牛本は幸運に見えた。彼は近藤の名前を知っていた。加藤が前に出て牛本のことを近藤に説明した。

「そうか、こいつが穂積の牛本か」

近藤は息をはずませながら、「おい」と加藤の方に顎をしゃくった。

「お前やれ、おれは一年坊主なんか、もう相手にせえへんのや」

するど、加藤は少しためらいながら、

「おい、元中の剣道部なんか、県下でドベの方やないか」

彼は近藤の真似をして、牛本の竹刀をとると、水田のわきの小川に投げた。竹刀をとりに走った牛本は、加藤に足をすくわれ、他の生徒につきとばされて、小川に尻から落ちた。川は浅く、竹刀をつかんで岸によじのぼった牛本は、充血した眼で加藤をにらみ、竹刀をかまえた。

「なんや、お前、やるのか」

農林生らが身構えたとき、

「来たぞ！」

と一人が声をかけた。自転車に乗って到着したのは黒木だった。

「なんだ、またうちの一年生をいじめやがったな」

黒木は牛本の濡れたズボンや、盛田の腫れた頬や、鼻血などを見た。

「おい、黒木、てめえこそうちの下級生を投げやがったやねえか」

近藤たちは、黒木を遠巻きにした。剣道部員である彼らは、黒木の投げ業を警戒しているのである。

「よし、相手になったるぞ」

黒木は盛田と牛本をつれて、太い松の近くに走りよると、言った。

「心配するな、おれは柔道よりけんかの方が強いんだ。いいから後ろを気をつけておれ」

しばらくの間、闘争がつづいた。それは柔道ではなく、もちろん、剣道でもなかった。黒木は道場で使うような投げ業をほとんど使わなかった。組むと見せて平手打ちをくわせ、顎を突き上げ、さらにみぞおちや脇腹に拳の突きを入れた。黒木は京都で古武道の天神真楊流を習ったといっていたが、これが柔の当て身というのであろう。組んでもつれると、すぐに自分が下になり、下から相手の腕を捲きこみ、腕ひしぎを用いた。黒木の後ろに回る農林生を牛本が竹刀で叩いて回ったが、それももぎとられた。盛田は加藤に組みついた。ふたたび背負い投げをかけようとしたが、加藤が後ろに反ったため、二人は同体に倒れた。松の根方の砂の上で二人は揉み合った。盛田の柔道はまだ業になっておらず、体力は加藤の方が勝っていた。盛田ははらばいになり、頭を地面に押しつけられた。鼻の頭が砂にめりこみ、口のなかに砂の粒がはいり、それが音をたてるのが感じられた。

「どうや、参ったか」

加藤は立ち上がると、自分も砂のまじったつばを吐いた。中学生たちはようやく闘争に倦み、最後に残った対戦、近藤と黒木の戦いを見まもった。黒木は乱取りのときのように、近藤と組み、大きく回りこむと、内股をかけた。彼は興奮しており、つまり、柔道の業をかける気分が体にのっており、相手にある程度の武道の素養があることが幸いして、この内股はよく利いた。近藤の長い体が反転して松の根方に落ちた。つづいて黒木は相手の上にまたがり、十字絞めに行ったが、近藤の紅潮した頬が蒼ざめるのを見ると手をはなし、

「よし、きょうはこれまでだ」

と立ち上がった。

そこで中学生たちは別れ、黒木は彼らしくなく、上着の袖の破れを気にしながら自転車にまたがった。農林生たちは集まって、低声でささやきあっていた。彼らは農林生がときどき黒木に投げられるので、復讐と同時に黒木をこらしめることを試みたのであるが、失敗したのである。アウトローである点では黒木の方が勝っていたといえよう。

牛本と並んでペダルを踏み、熊野神社の坂を上りながら、盛田は自分が汗ばんでおり、風が頰に快いのを感じた。過度の損害がなければ、筋肉による闘争は人間にある種の快感をあたえる。闘争本能の一部を満足させ、また、血液の循環がよくなることにもよるのであろう。

このとき、盛田の感想は簡単であった。このようなけんかのとき、剣道より柔道の方が有利であり、また、殴られただけでは負けにならないし、勝負はなかなかつかないものであること、そして、この程度の肉体的闘争ならば、つまり、生命に危険がないならば、ときにはよいのではないか、ということであった。自分よりはるかに大きい農林生に砂のなかに押しつけられながら、彼はそれを学んだのである。そして、――柔道着はおれの魂だ、という、過早ではあるが、武士道の影響をうけた発想は、長く彼の筋肉のなかにしみつくことになったのである。

二軒家の事件があってからも、黒木はときどき盛田を教えてくれた。黒木は、けいこの途中で制服のまま道場にはいってくると、部員のけいこを眺め、間もなく柔道着に着かえると、下級生を場内にひき出し、けいこをつけた。上級生は警戒して相手にならなかった。そういうときの黒木は、異様な体臭がした。酸いような、草の枯れたような臭いが盛田の鼻を衝いた。盛田にとって、それは異国の臭いであった。間もなく、それがたばこと酒の交錯した臭いであることを盛田は知った。

そのようなある日、黒木は、

「おい、きょうは体落としを教えてやろう」

と言った。

体落としは、この二年ほど前、天覧試合で優勝した京都の栗田六段が得意とした業で、初心者には難しい業であった。相手の回転運動を利用して、リズミカルにその動きを脚で大きく支え、そこを支点として相手に空中に半円運動を起こさせる大業である。

「これはおれが京都にいたとき教わったんや」

彼はそういうと、何度もその業で盛田を投げてみせた。柔道の業は一に「つくり」、二に「掛け」、三に「投げ」といわれるが、体落としは相手を誘導する「つくり」の部門が微妙で、初心者の盛田には会得できなかった。

そのころ柔道部は、春の県下大会の練習で活気を呈していた。五月の終わりの日曜日が岐阜県柔道協会主催の大会で、柔道部員はこれを春の大会と呼んでいた。これに対し、県体育連盟主催の体育大会は十月にあり、これを秋の大会と呼んだ。元中の柔道部は、前年、春秋ともに三等であった。一等は岐阜商業、二等は岐阜師範であった。

元中の校長は数原といって、県下第一主義を唱える、向こう意気の強い校長であった。彼は田舎の中学校まわりが多く、したがって名門の岐阜一中、大垣中や歴史の古い師範や商業に対する対抗意識があった。彼は運動と、高等学校入学率の県下第一を目標として、三ヵ年計画を唱えた。当時、大陸のソビエトでは、経済五ヵ年計画を推進中であったので、数原校長の県下一・三年計画は、異様な印象を教師や生徒にあたえた。

この年はその第一年目にあたっていた。元中の柔道部は、五年生より四年生が強かった。五年生で、四年生の鷲見や馬場に対抗できるのは主将の馬淵だけで、彼は寝業が主体なので、勝ち味は遅かった。

「今年はええとこ二等やな、来年は黄金時代やで、優勝するかも知れんぞ」

一年生の鷲見がそのような情報を告げた。

柔道部には普通部員と特別部員があり、普通部員が一時間のけいこで帰宅したあと、特別部員はさらに残って、二時間ほどけいこをした。この時間では先輩の高専生や、近郷の警官、鉄道局の柔道部員などがけいこをつけに来てくれた。特別部員は、選手とその候補者であり、柔道部のエリートであったわけだ。

盛田は佐分利や鷲見や今井とともに特別部員になりたかったが、特別部員は二年生から、という決まりなので、けいこ着のまま道場の隅に座って、眺めていた。

普通部員の時間と違って、この時間のけいこは厳しかった。試合専用の勝負業を教えるとともに、はげしい鍛え方が示された。この訓練には、初老の柔道教師よりも、柔道部長の坂元があたった。彼は陸軍にいたときの語彙（ごい）を用い、「それ、斃れて後已むでゆけ」「死んでもその襟をはなすな」といい、また、「こちらが勝っていたら、最後の一人は、死んでも引き分けにもちこめ」という平凡な作戦を教える一方、「首を絞められたら、落ちても（気絶しても）参るな」「関節業をとられたら、腕が折れても参ったというな」というファナティックな武士道精神を吹きこむことを忘れなかった。

ある日、隅の方に座っている一年生のそばに坂元が来て言った。

「お前たち一年生、けいこがやりたいのか」

佐分利が代表して、

「はっ！」

と短く答えた。それは軍隊の用語に似ていた。

「そうか、ようし、練習に参加してよろしい。特別に認める。ただしじゃ……」

坂元はきつい目つきで四人の一年生を見まわした。

「参加する以上は、きょうから特別部員扱いじゃ。毎日残って練習してゆく。弱音を吐いたり、途中でやめたりするな」

「はっ！」

四人は同音に答えた。

「ようし、今年の一年生は見込みがあるぞ」

坂元は馬淵や四年生の鷲見の方に目で合図をし、大きくうなずいた。

四人はすぐに上級生の前に行き、座って礼をし、けいこにかかり、何度も投げとばされることを繰り返した。

五月にはいり、春の大会が近づくと、練習はさらに実戦的になり、一年生はあまりかまってもらえなかった。四人のほかに、藤原と赤木と高井が参加し、一年生の有志特別部員は七人になり、彼らは見真似で鷲見の内股や、馬場の背負い投げを模倣した。盛田は黒木から教わった体落としを一人で練習し、佐分利に試してみたが利かなかった。

「なんや、それ、大外刈りのできそこないやないか」

佐分利はののしってそれを返したが、彼がまだこの業を知らないことを知って盛田は満足であった。

四

五月中旬のある日の朝、盛田が起きて茶の間にはいると、新聞をもっていた母親が告げた。

「大変だよ、総理大臣が殺されたんだよ」

三上卓、古賀清志らを中心とする海軍青年将校の一団は、五月十五日午後五時半、首相官邸を襲い、犬養毅首相を拳銃で射殺した。青年将校のねらいは、市中を混乱に陥れ、戒厳令をしかせて軍中心の内閣をつくり、軍国主義によって日本の海外発展と国内の救済を図(はか)ろうとしたものと伝えられた。

登校した盛田は、佐分利たちと話し合った。

やぞ」

「大体、いまの政治家は腐敗しとるからな。やはり、軍人の方が国家のことを考えているん

警官の息子である佐分利は、盛田よりこの方面の知識をもっていた。

「日本の進む道は、大陸に進出するよりほかはないのや。それやのに、政治家は弱腰で、英米に頭ばっか下げよる。それに日本の資本家は、自分のふところにばっか銭を入れよる。もっと大衆のことを考えなあかん」

今井が口をはさんだ。

「それやったら共産主義やないか」

「なにこく！　共産主義は天皇を倒して、労働者が天下をとるのや。これは危険思想やぞ」

佐分利は説明役にまわったが、盛田にはのみこめないところが多かった。日本を発展させるのに、なぜ、総理大臣を殺さなければならないのか、彼には見当がつかなかった。彼のとっている少年雑誌には、犬養首相は、日本最初の国会議員で、大変えらい人間だと書いてあった。しかし、自分を犠牲にして、国家のために首相を襲った青年将校をただの暴徒とも考えられなかった。このつぎの号は、どちらが正しいと説明するのか、彼は少し待ち遠しく思った。

この前年、昭和六年九月十八日に柳条溝事件が起こり、それが満州事変に発展しており、この年の一月には上海事変が起こっていた。何にしても、日本は大変な時代に突入しているのであり、このようなとき国家に尽くすには、大いに体を鍛えておかなければならない、と

いうことをも盛田は考えた。

　その日の午後、けいこの途中、柔道場の外にあるポンプ井戸に水を呑みに出た盛田は、ある怒号を聞いた。坂元の声であり、突き飛ばされているのは、黒木であった。坂元は自分よりさらに大きい黒木の肩を突き、

「何度いうたらわかるんじゃい。お前ごときは、本校の恥じゃ、退部を命じる」

といった。ポンプは校庭の一隅にあり、周囲は青桐の疎林であり、その向こうに陸上のトラックがあった。黒木は突かれてもよろめくことをせず、一方ずつ下がって、青桐に背を支えられる形で止まると、

「どうか、かんにんして下さい。ぼくは見ておれなかったんです」

といった。

「何をくどくどいうとるんかい。遊廓に出はいりするさえあるに、地回りの不良とけんかして、傷を負わせるとは何たること。これで何度目じゃと思うとる？」

「先生、退部だけは許して下さい。柔道はおれの魂です。今後は練習もちゃんと出ます」

「いかん、お前のような精神の男は、柔道部にはおいておけんのじゃ」

　坂元は黒木のそばに近よると、帽子をとり、徽章をもぎとり、二本あった白線をはずした。つづいて黒木の襟についていたⅣの字のマークをはずした。金色のそれがきらめきながら地上に落ちた。

「お前は退校だ。校長にも話してある。今後、道場はもちろん、本校に出入りすることはならん」

このころ、青桐の林には数人の生徒が集まっていた。黒木は急に静かになると、坂元の顔を凝視した後、視線を盛田に移し、校章を失った帽子をひろいあげると、踵を返して裏門の方に歩き去った。その背中を見ながら、坂元部長の行為はやりすぎではないか、退部はともかく、このような形で退校にするのは越権ではなかろうか……。一年生の盛田の胸にそのような疑問が湧き、去って行く黒木の姿に愛着に似たものを感じたが、同時に自分が全然無力であることも感じた。坂元がこちらをふり向くと、盛田はあわててひしゃくで水を呑み、道場へもどった。

翌日の昼休み、鷲見が聞きこんできた情報によると、黒木は岐阜の金津遊廓で、酔客がやくざにいじめられているのを見て、仲裁にはいり、相手を投げて骨折を負わせたというのである。

「おい、盛田、お前、遊廓いうて、何するところか知っとるか」

鷲見が聞いた。

「知らん」

盛田は少なからず屈辱を感じながら答えた。

「佐分利はどうや」

「うむ、おれは知らんことはない」

負けぎらいの佐分利は強がりを言った。

「ならいってみい、何するところや」

「そらあ、男と女が……」

「何するところや」

「…………」

佐分利が口ごもるのを見ると、鷲見は冷笑した。

「遊廓ぐらい知っとらなあかんぞ。男やないか」

「なら、鷲見、お前は行ったことあるんか」

こんどは盛田が聞いた。

「なかを通ったことがあるんや。やけど、あがったらあかんのや、未成年やからな」

「そうや、未成年の行ったらあかんところや」

佐分利が相槌を打ち、

「何いっとる、知らへんなんだくせに」

とふたたび鷲見に冷笑された。

盛田は遊廓について考えていた。遊廓について、ただ一つの彼の記憶がある。小学校五年生の冬、大垣の伯父の家に遊びに行った彼は、凧揚げ大会につれてゆかれた。凧といっても、小さな奴凧ではない。虻凧といって、高さ三メートルに近い大凧である。これに三百メートル近い麻糸をつけ、伊吹颪の強風にのせて、高く揚げるのである。会場は廓町といって、大垣城の南にある広場であった。ここは古い武家屋敷をとり払って、近代建築のため地ならしをしていた。凧は高く揚がるだけがよいのではなく、虻のようにうなり声をあげながら、左右に飛ぶ往復運動をもって最良となし、それに賞品が出た。伯父は腕のよい鋸の目立て職人で、金物屋を営んでいたが、凧造りの名手であり、この日も入賞した。凧は虻が羽を張った形をしており、これに虻に似た彩色がしてあり、これは絵のうまい従兄弟の仕事であった。

昼になると、はんてんを着た男がメガホンで告げた。

「これにて午前の競技を打ち切ります。きょうは風も強く、寒いので、近くの休憩所でゆっくりおくつろぎ下さい」

それを聞いた従兄弟は、鼻の頭にしわをよせると笑った。

「よういわんわ、休憩所やと。遊廓で休憩ができるけえ」

盛田は広場の南にある古い日本家屋の一群を見た。物干し台に色とりどりの衣装がひるがえり、首を白く塗った女たちが、家並みの間から広場にあふれてこちらを見ていた。盛田は頸部を白く塗った女たちの異様な化粧法をみて、これが遊廓の女であろうか、と想像した。女たちは江戸時代の絵のなかの女に似ており、その周囲にうすい闇をまとっているように思えた。しかし、彼が知ったのはそこまでで、伯父が休憩をしないので、遊廓のなかを見ることはできなかった。

黒木は退校になり、その旨が朝礼の行なわれる生徒控え室に張り出された。

「惜しいなあ、黒木が本気になれば、おれなんかかなわんって、兄貴が言っとったがな」

鷲見が張り出しの前で腕を組んで言った。嘆息に似ていた。

「一、四年生乙組、黒木定男、右ハ本校ノ名誉ヲ著シク傷ツケル行為ヲ犯シタリ、ヨッテ、本校校則第八条ニヨリ、退学ニ処ス、校長」

盛田もこの文章を読み、教育勅語に少し似ていると思った。

五

五月の終わりの日曜日に、県下中等学校柔剣道大会が岐阜公園の一角にある武徳殿でひらかれた。盛田は母がつくってくれた弁当をもって、牛本とともに応援に行った。武徳殿は金華山のふもとにあり、周囲は樹林が深い。織田信長が築城したころの千畳敷跡が近くにある。信長の孫秀信は、関ヶ原合戦のとき西軍についてこの城にこもり、落城し、剃髪したが、山上に城があったころ、この公園は城主の邸であったのであろう。明治時代には中教院という寺院があり、板垣退助が演説に来て、刺客に襲われた。武徳殿のかたわらに板垣の銅像がある。公園を北に抜けると長良川に出る。鵜飼いの総がらみの行なわれる場所である。武徳殿は歴史に恵まれた景勝の地に在ったことになる。

殿の内部は二百畳敷きほどで、柔道場と剣道場に二分されていた。

午前十時、大会の会長である県知事代理の学務部長が中央の高い席に座り、試合は開始された。県下で二十に近い中等学校を二つのグループに分け、リーグ戦を行ない、グループの勝者が決勝を争うのである。盛田は、佐分利や鷲見や今井たちと応援した。応援といっても、ときどき声をかけるだけで、歌をうたったりするわけではない。四年と五年が選手で、補欠の三年生は計時係などの雑務をやる。

元洲中学はBグループで、順調に試合をすすめた。選手は七人であるが、五年の馬淵と四年の鷲見、馬場が確実に点をとった。十二時すぎ昼食となり、三年以上には折り詰めの弁当が出た。盛田は佐分利たちとともに茶をついで回った後、弁当をひらいた。武徳殿の庭につつじの植えこみがあり、その近くに蓆(むしろ)がしいてあり、そこが昼食の席となった。

「佐分利や鷲見も早く選手にならんかや。そうすれば仕出しの弁当食わしてやるぞ」

柔道部長の坂元が笑いながらそう言った。このとき、盛田は無視されていた。盛田がすぐれた柔道選手になる可能性は皆無に見えたのである。彼は選手たちがひらいている二つ重ねの折りの弁当をのぞいた。カマボコの背は紅く、魚のフライは黄色、焼き豚は薄茶色で、脂身が白く光っていた。それに岐阜市周辺の水郷地帯の特産がはいっていた。川海老の煮つけは淡いピンクであり、鮒の甘露煮は濃い飴色で、小鮎の紅梅煮は黒く煮つめられており、片すみに奈良漬ときんとんがついていた。盛田の弁当のおかずは、鰤(ぶり)のてり焼きと福神漬で、飯の上にのりがかけてあった。地主の息子である鷲見の弁当は卵焼きと肉の煮つけと里いもであったが、両親と別れて伯父の世話になっている佐分利の弁当は盛田のより貧しかった。

――おれもいつか、あの仕出し弁当を食うことになるだろう……。

盛田は、少々の反逆とともに、漠然とした期待をもちながら、箸を舌でしめした。

午後一時、試合は再開された。Ａグループでは岐阜師範が点をかせぎ、Ｂグループでは元洲中学と岐阜商業がせり合っていた。商業は全員が黒帯であり、商業学校らしく、かけひきがうまく、活気があった。元洲中学は黒帯は馬淵、鷲見、馬場の三人だけであった。元洲中学は先鋒が一点を先取されたあと、引き分けがつづき、馬場が出場して商業の五年生である佐橋を釣り込み腰で投げた。佐橋は観客のなかに落ちたが、審判の大林六段は、「一本」と宣した。大林は右翼の××会に属しており、硬骨漢であるということになっていた。逃げまわる佐橋に不快を感じていたらしい。つぎに鷲見が商業の柿沼と対戦した。柿沼は四年生であったが、高等科二年から入学し、一年落第しているので、年は二十歳を越えていた。鷲見よりも大きく、大人くさい顔つきをしており、胸に毛が生えていた。しかし、柿沼は練習不足で動きが鈍く、鷲見に小外刈りで業ありをとられ、さらに内股で巻きこまれ、一本をとられた。大将の馬淵が、相手の大将と引き分けたので、二対一で元中がリードし、総計でＢグループの首位となった。

岐阜師範との決勝戦は午後四時から行なわれた。師範は高等科二年からはいるのであるから、当然、中学生よりは年が上である。体も大きく、大人らしい骨格をそなえている。元中ははじめに二点をとられ、馬場と鷲見が二点をとりかえした。大将の馬淵の相手は、小倉といって、体のがっしりした男であった。二段であったが、実力三段といわれ、この大会では一番強いとみられていた。馬淵は立ち業ではかなわぬとみて寝業の引き込みに行った。審判の大林六段が注意をあたえた。

「はじめから引き込んではいかん、立ってやれ」

それでも馬淵は、やはり寝業に引き込んだ。大林は馬淵を立たせた後、「これ以上引き込んだら負けにする」と宣した。

「立ってやれ、馬淵！」

応援席の坂元が声をかけた。馬淵は立って腰を引き、両腕をつっぱった。柔道部の主将のこの姿に盛田たちは意外とともに無念を感じた。やはり、強くならなくてはだめだ——。彼らはあらためて、力の哲学を信奉することを確認した。

それにしても、馬淵をこれほど恐れさせる小倉はどのように強いのであるか。解答は間もなくあたえられた。小倉は落ちついて、右にまわりこみ、腰を引いている馬淵を回転運動に引き込みながら、舌を出して、唇をなめると、唾液を一回呑みこみ、右脚をとばして内股をかけた。戦意を失っていた馬淵は、半回転して畳に落ちた。見ていた盛田は痛みを感じた。自分が落ちたような衝撃があった。馬淵に対する同情もあったが、それよりも小倉の実力に対する憧憬が自分の胸を過ぎり、それをうしろめたいものに感じる気持があった。

三対二で元中は負けたが、坂元はかなり満足していた。

「二等ちゅうのは開校以来じゃけえ、まずまずじゃ、来年は優勝をねらわにゃ……。それにしても、あの小倉ちゅうやつは、ごつい奴じゃのう」

彼は選手を集めると、公園の出口でタクシーを二台とめさせた。柳ヶ瀬の食堂で選手にカツレツを食わせるのだという。昂然と立っている鷲見や馬場のよこで、二等の賞状を握って馬淵がうつむいて泣いていた。賞状を持った拳で眼をこすった。選手たちが乗り込み、タクシーは材木町から盛り場の方角に去った。

「黒木がいたらなあ、黒木だったら相手が小倉でも引き分けはとれたな」

残された一年生のなかで、鷲見が言った。

「おい、金華山に登ろうか」

佐分利が声をかけた。

「うん、一年生だけで登ろう」

今井も応じた。

四人は板垣退助の銅像の裏から千畳敷に上がり、そこからけわしい山道を登りはじめた。稲葉山城の登山道は南面している水道山の方にあり、こちらは馬返しといって間道だった。斎藤道三の死後、斎藤龍興がこの城に住んでいたころ、木下藤吉郎が奇襲をもって、山頂の天守に潜入したといわれるが、そのころからこの間道はあったらしい。四人は一時間あまりで山頂に達した。信長が築いた城は慶長五年に焼け落ち、昭和七年のこの時点では、模擬城と気象測候所があるのみである。

時刻は午後六時をまわっているとみられ、太陽は伊吹山の近くにあった。岐阜の町は夕照によって屋根が金色に輝き、低部は淡いセピア色の溶暗の底に沈みつつあった。山を下るころ、四人は市街の暗部に灯がともりつつあるのを認めた。

「あれが忠節橋……」

「北方はあの方向やな」

四人は七間櫓の近くで語りあった。

「柳ヶ瀬はあのへんじゃが、水道山のかげで見えんな」

佐分利の指さす方向に一群のネオンらしい輝きが見えた。

「柳ヶ瀬は見えんが、金津は見えとるぞ」

鷲見がそういって笑った。

山を降りると公園は暮れていた。四人は電車に乗って柳ヶ瀬に出た。空腹を覚えた。生徒だけで食堂にはいることは禁じられていたので、菓子屋であんぱんを買ってかじった。盛田はチャックのついた茶色の銭入れから金を出して払った。これはこのころはやりはじめていたものである。喫茶店から「東京行進曲」が聞こえ、和服の男が芸者らしい日本髪の女を連れてすれ違った。柳ヶ瀬を西に抜けると、柳の並木があった。この地域は柳ヶ瀬の商店街よりも灯火が暗く、ネオンに独特の湿りがあった。

時代劇に出て来るような格子窓の家が並んでいた。異様な雰囲気に圧(お)されて四人は立ちどまった。

「金津やな」

佐分利が言った。盛田は瞳を凝らしたが、玄関に立っている老婆のほかに若い女は見えなかった。若い男が老婆と立ち話をしていた。

「帰ろう、遊廓にはいったところを見つかると、退校だぞ」

今井がそう言い、盛田も同意した。青桐の根方で突きとばされていた黒木の姿が頭のなかにあった。

「裏へまわってみようやないか、裏なら大丈夫や」

鷲見がそう言い、三人は彼について遊廓の裏通りに脚を踏み入れた。狭い通りに、カフェーというネオンが多く、店内からは「君恋し」とか、「宵闇せまれば」などのメロディーが流れていた。まだ時間は早く、ときどき、耳かくしの髪できものを着た女や、断髪の洋装の女が急ぎ脚で通った。

「あら、よっていらっしゃいよ」と一軒の女が声をかけ、もう一人の女が、「あかん、学生やよ」といった。

「学生やかって、お客はお客なよ」

そういって断髪の女が近よった。白いエプロンをつけており、化粧の匂いが迫った。

「あんたら一年生やないの、なんやね、一年生のくせして、こせついとるわね」

襟章をみた女が声をあげた。こせついているというのは、ませているということの方言であるが、語源はわからない。

「早うお帰り。補導連盟にでも見つかったら大変なよ」

「たわけにするな、おれ、銭もっとるぞ」

鷲見が胸を張ってみせた。

「えらそうに……。あんたらビール飲めるの？」

「ビールぐらい飲んだことあるがや」

「そんなら、カクテルは……」

「………」

「ほれ、みんしゃれ、ここはミルクホールと違うんやよ」

そのとき、奥から、エプロンをつけない年かさの女が出てきた。

「あかん、あかん。学生を入れたら、こちらも罪かぶるんやで、早うゆきんさい」

鷲見の虚勢も空しく、四人は追い返された。

出口で四人は、このカフェー街をふり返った。

——金があって、女とカクテルを飲んで、そしてどうなるのだろう……。

盛田の胸に漠然とした好奇心が湧いた。しかし、いつか金ができたらきっとこのなかにはいってやろう、とは考えなかった。柔道に打ちこもうと考えている彼にとって、それは遠い世界であった。

六

盛田の踏んだ自転車が生津を抜け、北方の町にはいったのは午後二時すぎであった。北方は、かつて代官所があり、明治以降は郡役所があった古い町であるが、人口四千の町にもメーンストリートはあり、街路に面した一角に料亭街があった。高野家はそのなかの一軒であり、川魚料理、すき焼きと書いた木の看板がいまも軒に上がっている。下が大衆食堂で上が座敷になっている。戦災を受けていないので、このあたりの家並みは昔と変わりがなかった。

二階へ上がると、鷲見と、もう一人、藤原が出迎えた。盛田は意外に感じた。藤原は背が高いので、中学二年のとき、柔道部の特別部員に編入されたが、三年生のとき、骨髄炎をおこして左腕が不自由になり、柔道部員をやめた。彼は進学をあきらめ、土地の信用組合の給仕にはいったはずである。盛田は藤原のような存在を、柔道部員とは考えていなかったのである。藤原は腕を患ってから血色が悪くなり、いつも小説や翻訳書を鞄のなかに入れていた。合宿のときも、夜は一人で本を読んでいた。こういう男を文学青年というのか、と盛田は考えてみたことがある。

会の開始は午後三時であり、かつての坂元部長は、まだ来ていなかった。会場には加藤と小林が来ていた。二人とも盛田の一年後輩で、盛田たちが五年生のときは、四年生の正選手として、ともに多くの試合に出場した男たちである。

一応のあいさつが終わると、盛田はワイシャツの胸をはだけ、街路に面して張り出した縁側に腰をおろした。

盛田がはじめてこの店にはいったのは、中学二年生のときである。この年、五年となった鷲見、馬場らを主力とした元洲中学の柔道部は黄金時代を迎えた。春と秋の県下大会に優勝したほか、夏の武徳殿大会では、優勝戦までゆき、九州のK中学に二対一で負けたが、全国第二位の実力を認められたのである。この年の十二月、四年生が中心となって、五年生の送

った のである。場所は高野家で、生徒が料亭で飲食することは学校から禁じられていたが、

別祝勝会をひらいた。五年生は秋の大会が終わると現役を退き、受験に専念するものが多かったのである。場所は高野家で、生徒が料亭で飲食することは学校から禁じられていたが、この会は肉会といって、柔道部の伝統の行事のようになっていた。

肉会は歳末の日曜日の昼からはじまった。高野家の主人は元中の先輩であり、肉屋にも先輩がいた。生徒たちは、肉を大量に買って持ち込み、高野家に場所を借りた。二年生であった盛田も会費の一円を払って参加した。炭火が熾り、肉を食べつづけていると、室内に熱気がこもり、精気に満ちた少年たちはシャツをぬぎ、半裸となって箸を動かした。食べ飽きた少年は縁側から町を眺めていた。

「おい、ドタが来たぞ」

一人が叫び、他の少年も縁側に出た。西の方から和服姿の坂元が歩いてきた。

「おい、美矢ちゃんもいっしょやないか」

坂元のとなりに、セーラー服姿の女学生が並んでおり、これが坂元の娘の美矢子であった。

「ドタさん、さては年末のお買いものやな」

そういえば、美矢子は買いものかごをさげ、坂元も大きなふろしき包みを持っていた。坂元は妻を失い、美矢子と二人暮らしであった。

「おい、いつまでもそこへ出とるな、みつかるぞ」

「みつかったってかまへんがや。どうせドタも知っとるんやで」

少年たちが騒いでいる間に、坂元親娘は高野家の前に近づき、坂元が二階を見上げた。

「なんや、お前らやっとったんか」

大きな声を放った後、坂元は美矢子を玄関に残すと、木材のきしむ音をたてて階段を上がってきた。

「先生、いっしょにやりませんか」

「今年は春秋連覇やないですか」

生徒たちに囲まれた坂元は困惑を苦笑で表現しながら、

「やってもええが、学校の規則があるけんな」

と立ったままあたりを見回し、

「肉会か、豪勢にやっとるな、糸貫河原の方まで匂っとったぞ」

「先生、このぐらいやらなあきませんで。あんな幼稚園みたいな茶話会では、祝賀会にならへんですが……」

秋の優勝直後、柔道場で校長をまじえて祝賀会があった。一袋二十銭の菓子の詰め合わせと、サイダー一本で、生徒たちはわびしい思いを禁じ得なかったのである。

「先生、ちっと寄付でも……、おもって(おごって)くんされ」

「ボーナスようけもらったやろうが……」

生徒たちはなれなれしく坂元を囲み、はやされた坂元は、舌打ちをして言った。

「横着なやっちゃな。きょうはこれでかんべんしとけ。そのかわり、正月はうちへ呼んじゃるきに」

たもとから財布が出され、五円札が一枚、幹事の四年生に渡された。喚声をあげる生徒を後ろに、坂元は階段をおりた。当然のことであるが、その後ろ姿には寂寥があった。当時、四十歳前の坂元は、まだしっかりした骨組みをしていたが、いつも道場で叱咤する彼とは異質なものがそこに漂っていた。娘といっしょに買いものをしているところを見られた恥ずかしさか、それとも生徒の肉会を認めなければならなかった自分の不都合な立ち場を悔やんでいるのか、いずれにしても、そこに、平素は豪快な坂元の恥部が、露呈されたと考えられなくもなかった。少年たちは、ふたたび鍋の前に集まり、盛田は縁側に近く立って、大売り出しの旗の間を遠ざかってゆく、坂元とその娘の後ろ姿を眺めた。

そのような想い出のあるこの街路を、そのころは丸髷（まるまげ）や桃割れや、ときには銀杏（いちょう）返しの女が通った。昭和八年は、この土地の風俗史から見れば、洋装よりは和服の女の方が多かった年といえよう。「島の娘」や「赤城の子守唄」がこの土地に流行したのは、この翌年である。三十余年後のいま、濃尾平野の北限に近い、この田舎町を歩く女のスカートは膝より上で切れており、かつて赤いたすきをかけていた高野家の女中たちも、昼は洋服を着ている。

盛田がそのような時間の経過を考えている間に、今井とかつての四年生の一人が到着した。あいさつをかわすと、盛田は廊下に出、裏のガラス障子をいっぱいにあけた。小さな庭があり、その向こうに小川があり、田野がひろがっていた。かつて肉会が催（もよお）されたころ、この裏は一面の水田であり、その向こうに元洲中学の樹林が遠望された。いま水田の一部は畑と住宅に変わっているが、その向こうにかつての中学、いまの高校の森の一部が見られる点は昔と変わりはない。森の一角に櫓のようなものを見出して、盛田は首をひねった。横から藤原が説明した。

「いま、新しく体育館をつくっとるのや。古い柔道場をこわしてな。なにしろ大正十一年にできたやつやからね」

そういえば、鷲見から来た同窓会の案内状には、坂元教師が古稀を迎え、九州へ隠居することを知らせた後、「我々が鍛えあったあの懐かしい柔道場も、近日改築のため姿を消すこととなりましたので、一度、最後の姿を見とどけてやってはどうかとも思われますので……」と書いてあった。

今井がつづいて説明した。

「あの工事は藤原の出資している関谷組の工事や。この改築には、藤原がどえらい寄付をしとるのや」

「なにしろ、藤原はえらいもんや。信用金庫の理事のほか、農協や、県連の役員も兼ねとるのやからな」

鷲見が説明すると、

「こいつがこんなに出世するとは思わなんだなあ」

と今井が感慨に沈むふりをしてみせた。

昔の盛田ならば、

——恥を知れ、今井！

と怒鳴りつけたかも知れない。藤原が左腕が痛いといって練習を休みはじめたのは、三年生の秋であった。秋の大会の応援にも顔を見せなかった。佐分利と盛田と今井は、教室の隅に藤原を呼んだ。

「おい、どうして練習に出ないんだ」

「うむ、腕が痛むんだ」

「しかし、庭球をやっとるそうやないか」

「うむ、あれは、右腕だけでやれるからな」

「大会の応援ぐらいできたやろう。あれなら、片腕でもできる」

三人は交互に藤原を責めた。藤原は蒼白の額の下に眉をよせながら、あきらめの表情を見せた。佐分利がさとすように言った。そこには坂元部長の説がかなりはいっていた。

「おれたちのやる柔道は、ただ勝ち負けだけのゲームではない。おれたちは柔道によって日本精神を学んでいるんだ。日本精神とは何か。それは武士道の精神だ」

つづいて盛田も言った。

「武士道とは主君の前に一命を投げ出す。すなわち、大義の前には、一身もかえりみないという、自己犠牲の精神だぞ」

今井がそのあとをうけて言った。

「一死奉公！　おれたちが団結して試合にのぞむ。この滅私の精神がやがて、大日本帝国を盛り上げる。八紘一宇の精神につながるんだぞ」

つづいて佐分利が声を荒げて言った。

「腕の故障ぐらい何だ。今井を見ろ。脱臼したあくる日でも練習をしていたんだ。お前のは単なる口実にすぎんじゃないか」

「そうだ！　三年生柔道部、全員の恥だぞ。恥を知れ、恥を！」

そう叫んで、藤原の胸元をつかみ、ゆすぶったのは今井だった。翌日から藤原は練習に参加した。しかし、左腕をかばって戦うので、よく投げられた。長身の藤原には滅多にかからない盛田の大外刈りが利いて、藤原が倒れ、奇異の感に打たれたのを彼は記憶している。藤原が発熱して入院したのはそれから一週間後である。藤原の病気がかなり悪化していることを知った佐分利たちは後悔した。三人は小遣いを出しあって、菓子を買い、岐阜市の県立病院に藤原を見舞った。藤原は意外に元気で、

「大丈夫や、まあ切らんですんだいうて、先生からも聞かされたんやで」

と言った。盛田は、頭をさげて藤原の母親に菓子折りを渡しながら、疑問を感じた。藤原が病気になったのは、精神力がゆるんでいたからではなかろうか。柔道の精神は精力善用、自他共栄にある。けいこに精進していれば、このような病気にかかるはずないのだが……。

藤原は中学卒業後、信用金庫にはいり、片腕が利かぬため、兵役を免れた。戦争が進行している間に、彼は給仕から雇員になり、職員になり、係長になった。多くの級友や同僚を彼は見送った。北方の信用金庫から、県本部に抜擢され、課長代理になった。戦後、盛田が復員して来たころには課長になっていた。その後、部長になり、現在は理事である。彼は能吏

型であり、事務に長けていたらしい。それにくらべると、今井の立ち場は腑甲斐ないものに思えた。彼は北陸の高等学校を卒業し、京都の大学にはいった。在学中応召し、満州に送られた。敗戦のとき吉林の近くにおり、ソ連軍によってシベリアに送られた。多くの収容所を転々として、彼が帰国したのは、講和条約を間近にひかえた昭和二十六年である。左翼と政府は衝突を繰り返し、一般の会社はシベリア帰りの就職を喜ばなかった。名古屋や岐阜の会社を尋ねて失敗した彼は、地元の有力者となっていた藤原を訪れた。今井は信用金庫の北方支部に採用され、十数年をへて、最近、課長になったのである。

盛田は、「恥を知れ」ということばを今井に投げつけたいと考えていた。しかし、そのことばは、さらに多く彼自身に投げつけるべきであることにも、気づいていたのである。

七

「ドタさんが来たぞ」

という声が聞こえた。

かつての生徒たちは、三十年前にしたと同じように、縁側に寄った。白い絣に黒絽の羽織をつけた老人が、やや前こごみ気味に街路を歩いて来た。やがて階段の鳴る音が聞こえ、骨組みのがっしりとした坂元教師が、襟の間から見える皮膚に、三十年の歳月を示しながら、姿を現わした。

「先生」

「こちらへ」

教え子たちに導かれて、坂元は床柱の前に進んだ。座ろうとした老人の耳に口を寄せて、
藤原が言った。

「先生、ぼくたちと同級の盛田です」

老人はふり返り、盛田の顔を見た。瞳の動きにたじろぎがあり、やがてそれが輝きを増した。

「盛田か」

老人は盛田の掌をさぐって握った。乾き萎えた皮膚の感覚が盛田の掌に伝わった。盛田は老人の胸元に、熔岩台地のように広がる代赭色の肌に目をやり、その掌を握りかえすべきかについて迷った後、軽く握った。

「そうか、盛田が来てくれたか」

老人は掌を放すと、

「これで佐分利がいてくれたらな」

と言い、落下する物体のように、座蒲団の上に座った。

――いまでもこの教師は佐分利を頼りにしているのだ、と考えながら、盛田は自分も窓ぎわの席に座った。幹事の鷲見が立ってあいさつをはじめた。

「われわれ柔道部員がお世話になった坂元先生が古稀を迎えられ、これを機会に会計の嘱託

をやめられ、郷里の熊本にお帰りになることになりました。きょうはとくに昭和十一年、元中柔道部が四本の優勝旗を母校に飾った全盛時代を記念して、当時の柔道部員にお集まりを願い、先生の送別会をひらきたいと思います。会に先立ちまして、当時の主将であり、東海一の名選手とうたわれた佐分利君、陸軍将校として満州で壮烈な戦死をとげられた佐分利君の冥福を祈って、黙禱を捧げたいと思います」

そう言って、鷲見は眼をつむった。盛田も眼をつむった。しかし、親友であった佐分利の姿は浮かばず、胸に湧いたのは、司会をしている鷲見に対する怒りであった。

——元中柔道部全盛時代……四本の優勝旗……お前にそんなことをいう資格はないはずだ、と彼は考えた。

同級生のなかでいちばん体格に恵まれていたのは鷲見であった。兄の血統をひいて業の上達も早く、佐分利とともに期待されていた。三年生で県下の大会に出場したのもこの二人である。春の大会で佐分利は負けがつづいて、芝生の控え席にもどると泣いていたが、鷲見は三勝二引き分けの好成績を残した。この鷲見が四年になると退部を申し出たのである。理由は四年修了から高等学校を受けて帝大の法科に進みたいから、ということであった。鷲見の兄が柔道に身を入れすぎて、高校受験に失敗し、一年浪人をしたうえ、高等農林にしかはいれなかったのに、鷲見の両親は困惑した。鷲見の家は地主であり、父は県会議員を勤めたこともある。息子を法学士にして跡を継がせるのが、彼らの世間的な願いであったらしい。息子を早目にスポーツから切り離し、世間並みの生活本位のコースにのせようというのが両親の考え方であり、この思考法に沿った鷲見には、一種の聡明さがあったといえよう。

希望どおり四年修了で東北の高等学校にはいった鷲見は京都の大学にはいり、官庁に就職し、応召した。中支からビルマ戦線にまわり、密林のなかで、飢餓と戦う生活をつづけた後、昭和二十三年、帰国した。前線の生活は彼の性格に影響をあたえた。酒の強い彼は、金の不始末がもとで、戦後復帰した官庁をやめた。岐阜の銀行にはいったがそれもつづかず、広告代理業、業界紙の発行、新しいマーケットの経営などに手を出したが、どれもうまくゆかず、いまは藤原の世話で小さな不動産屋をやっていると聞く。要するに、彼は一種の利口者にすぎなかったのである。

――鷲見には、この席であいさつをする資格はない。

四年生のとき、京都の全国大会で二回戦で敗れたとき、坂元部長が、「鷲見がいてくれたらなあ」と呟いたのを、盛田は覚えているのである。

黙禱が終わり、一同は眼をひらいた。鷲見がことばをつづけた。

「つづいて、われわれ一同より、坂元先生に記念品と慰労金を贈呈したいと思います」

小さな拍手がおこり、藤原が前に進むと、小さな箱と、水引きのかかった紙包みを右手で差し出した。左手は三十年前と同じく、垂れたままだった。

「こりゃあ、何かね」

坂元は礼をいう前に訊いた。

「補聴器です」

藤原が大声でいうのを聞くと、うなずき、相好をくずして箱の包み紙を破り、器械をとり出し、イヤホーンを耳にさしこんだ。

「うん、こりゃあええ……。よう聞こえよる……」

彼は喜んだ後、

「しかし、だいぶわしをば年寄り扱いしよったな。これは欲しかったが、買わずにいたんじゃ」

といい、金包みの方を、「いや、ありがとう」と受けとった。

鷲見のあいさつはなおもつづいた。

「この記念品ならびに慰労金の贈呈には、藤原君の多大なる尽力がありましたので、ここにご紹介しておきます」

そういえば、坂元先生に記念品を送るから、寄付をしてくれという書状が半年ほど前に来ていたのを、盛田は思い出した。一口千円となっていたが、盛田は返事を出さなかった。昭和二十一年、アメリカの捕虜生活から帰って以来、彼は母校を訪れたことがない。旧師ともほとんど会わない。彼が一番苦手であった工作と園芸の教師が茨城の郷里に帰るというのを、穂積の駅で見送っただけである。園芸も工作も、不器用な彼には不向きで、この厳格な教師に彼はよく叱られたが、彼は親しみを感じていた。戦争直後の荒んだ時期で、穂積の駅から見送る者がいないと聞いて、彼は朝の七時に駅まで出かけたのである。十年ぶりに会った老師に、彼は懐かしさを感じた。校舎の裏で、黙々と堆肥を造っていたこの老人の、陽に焦けたうなじの皮膚の色が、盛田の記憶にあった。物の少ないころであり、盛田は自宅の裏の狭い畑に造った馬鈴薯を一袋持参した。

「ほう、君がつくったじゃがいもかね」

老師は、その一個をとり出すと、大切そうに土を払った。

「盛田が、じゃがいもをつくるようになるとはね」

教師のそのようすを見ていた盛田は言った。

「ぼくにつくられるようになっては、じゃがいももおしまいですね」

「——君は園芸が嫌いで、肥料のかけあいなどをしてふざけていたが、それが、こんなじゃがいもをつくるとはね」

教師は笑いながら、落涙した。涙はいもの皮をかすめて、古びたオーバーにしみをつくった。盛田は手巻きの煙草をも持参した。

「まったく、ろくに退職金も出ないので、君にお礼もできないが……」

教師は、その煙草をふかすと、思いついたように、胸のポケットにさした万年筆を抜いた。

「これでも、もらってくれたまえ」

「しかし、これは大切なものじゃありませんか」

盛田は、手にした太い万年筆を凝視した。

「それでも英国のオノトだよ。君も、軍人はおしまいで、こんどは文筆の方だそうだが、何かの役に立てて下さい。私は死ぬまで百姓だ。もう字を書くこともない」

教師のことばを聞きながら、盛田は万年筆の重味を確かめた。人は人生において教えられることがあるが、主としてそれは教室以外においてあるらしい。盛田が在学中この教師から教わったものは、何の痕跡も残していないが、最後に別れるとき、この教師は、一つの教訓を盛田の胸に書き残していったように思える。

その反対に、坂元には在学中多くのことを教えられ、そのことばにしたがったのであるが、それが本当の教えであったかどうか、盛田はいまでも迷っている。坂元と別れてから三十年が経過しているが、その間、この旧師に会いたいと考えたことはない。会う必要もないし、会ったときのお互いの気恥ずかしさ、というようなものを想像すると、北方まで自転車を踏んで、坂元に会おうという欲求を感じたことがないのである。抑えつけていたともいえる。寄付金を出さなかったのも、そのような思考法のあらわれであろう。

鷲見のあいさつが終わりに近づいていた。

「この部屋は冷房もありませんし、三十年前と同じで、大変暑いので、涼しい氷鉢に川魚料理でも、と思いましたが、やはり昔をしのぶ意味で、肉会ということにしました」

小さな喚声とともに拍手があり、女中たちが肉や野菜を盛り上げた大皿を室内に運びこんだ。つづいて、炭火のおこった七輪と鉄鍋が持ちこまれた。脂の焦げる音が聞こえ、肉の焼ける匂いが漂い、会話が弾力性を帯び、野菜が煮えはじめた。座は三つに分かれ、盛田と鷲見と藤原が、坂元とともに鍋を囲んだ。

「合宿でもよくすき焼きをやったが、一番食うたのは、だれやったかいのう」

坂元は盛田の方に話しかけたが、盛田が黙っているので、卵を割った小鉢に肉をつまみ入れ、口に運んだ後、肉を嚙みながら言った。

「そうじゃ、やはり佐分利のやつじゃ。あいつは何でも一番じゃった」

しばらく沈黙がつづき、肉を嚙む音が聞こえた。

「しかし、藤原はたいしたもんじゃ。こんどの体育館建設でも、寄付の方では最高額じゃからのう……。片腕しか使えぬのにのう」

坂元はそう言いながらうなずいた。

「藤原は腕の病気をして得をしたな。柔道をつづけて、戦地へとられたら、こうはならなかったな」

と鷲見が言った。それには答えず、藤原は右腕を使って染め付けの大皿をひきよせ、肉を箸ではさんで、鍋のなかに足しながら、

「それよりも、盛田は惜しいことをしたな。せっかく、難関の海兵を突破したんやもんな。もし戦争が勝っておれば、ええと……」

と指を折り、

「もう、少将、少なくとも大佐にはなっとるやろうな」

と言った。

「戦争が勝っておれば、おれは内地に帰ってはいない。軍法会議で死刑になっているか、偽名のまま永久に外地勤務だ」

盛田はそう言い、

「捕虜とはそういうものだ」

と言って、ぬるくなったビールを一口飲んだ。

「昭和十九年四月の靖国神社例大祭のときに、学校でも校葬があって、十何人かの卒業生の葬儀があった。その中で、盛田が位が最高じゃった。大尉じゃったからな……。しかし、君らはまだええ方や。戦死にはなったが、生きて帰ってきたんじゃからな。かわいそうなのは佐分利じゃ。北満でロシア兵に囲まれて、全身に弾丸を受けた後、自分で腹を切ったそうじゃが……、だれも葬式もしてやらんかったじゃろうが。──あれを思うと、はらわたのちぎれるごたあるぞ、わしは……」

坂元は箸をおくと、盃を目の前にもちあげ、しばらく液体を見つめた後、唇に運んだ。盛田もグラスに唇をつけながら、あけはなされた裏側のガラス障子に目をやった。庭の向こうに畑があり、小型自動車が通った。乾いた道であり、三十年前には、自転車と馬に曳かれた車力が、通った道である。

──坂元はいまでも佐分利を懐かしがっている。彼が頼りにしていたのは鷲見であり、佐分利であり、現在では藤原なのだ。しかし、かつてもっとも忠実に坂元の教えをまもって勉学と柔道に努力したのは、おれであったかも知れない……。

盛田は自分の人生のコースに、坂元の力が大きく影響しているのを感じた。

昭和十年前後の中学生を大きく動かしたのは、坂元のような考え方である。しかし、それと同時に、盛田は自分が海軍にはいったことに、自分自身の考え方がより大きく原因となっていたことをも考えるべきであろう。そうすれば、現在の坂元に対する違和感も、いくぶんかはうすらぐかも知れない。

盛田が海軍兵学校を受験しようと考えたのは、中学一年のときである。厳密にいえば、中学一年の正月である。昭和八年一月一日、中学校で拝賀式と皇居遙拝があったあと、生徒控え室で、数人の将校生徒の講話があった。将校生徒とは、海軍兵学校、陸軍士官学校などの生徒を指す。講話といっても、それらの学校に在学中の卒業生が、壇の上に立って、

「諸君、日本は海国だ。前途有為の青年は、すべからく海軍を志願すべきだ。太平洋は、君たちの活躍を待っているぞ」

などと呼びかけるのである。後年、海兵にはいってから、これが教官から指示された、休暇中の軍の宣伝活動であることを、盛田は知った。ネービーブルーの海軍生徒が降壇すると、カーキの陸軍生徒が登壇した。陸軍の宣伝の方が激しかった。

「見よ、海のかなた、満蒙の空を！」

と、その生徒は窓外に指をさした。中学生たちは窓を見た後、視線をカーキ服の生徒の顔にもどした。

「北にロシア、南に支那、この両国にはさまれた満蒙の大地、日清、日露の両役に、わが祖先が肉弾をもってあがなったこれらの権益は、いまや累卵のあやうきにある。諸君、このと

きにあたって、救国の大任を果たすのはだれか。それは諸君である」

そういうと、生徒の指は、中学生たちの面に向けられ、彼らはつばを呑みこんだ。一つのものに帰依し、一つの信仰に打ち込んで、迷うことを避けるという軍人の生き方は、少年にとって魅力があった。国家に殉じ、そのために国家権力の庇護の下にはいってしまうという安楽さが、その裏にはひそんでいたのかも知れない。

――軍の一員となろう。そうなれば、加藤などに殴られることもない。いまやっている柔道も一つの意義を見出すことになるのだ……。

十三歳の少年の頭に宿ったのは、そのような考えである。知能と体力を国家に寄託し、奉仕することによって、一種の特権を得ることを彼は望んだのであるが、じつはそれが生命を代償にした取り引きであり、生命を賭けた奉仕というものが、どのように非情なものであるか、彼にはまだ想像が不可能であった。

陸軍の生徒が降壇したあとに、海軍士官の制服をつけた男が立った。彼は盛田よりも六年先輩で、少尉の襟章をつけていた。

「諸君が国に生命を捧げる点では、陸軍も海軍も変わりはない。しかし、目を広く世界にひらこうとするならば、海軍に来たまえ。おれは少尉候補生として昨年一ヵ年の遠洋航海を終えて帰国し、少尉に任官した。遠洋航海の行く先はヨーロッパだ。ヨーロッパには、歴史三千年の興亡の跡がある。ポーツマス軍港では、かのネルソン提督が座乗して、トラファルガル沖で勝利を得たビクトリア号を見、パリではナポレオンの凱旋門を見て、エッフェル塔にのぼった。さらにさかのぼって、ローマではコロッセウムを訪れ、アテネではサラミス海戦の昔をしのんだ。スエズ海峡、ジブラルタル海峡を通過し、帰りはアメリカにより、パナマ運河を通って帰ってきた。諸君、どうだ。志を世界に抱いて大きくはばたけ。太平洋の波は高い。怒濤をのりこえて、祖国をまもる有為の青年を、帝国海軍は大手をひろげて待っているぞ」

若い少尉は大声をあげると、ことばどおりに両手をひろげた。盛田は、自分の気持がかなり海軍に傾いているのを知った。背の低い盛田は行軍が得意でなく、軍事教練のときは、配属将校の特務曹長に特別に目をつけられてしぼられた。陸軍は野暮ったく、海軍はスマートである。みずからを野暮ったいと考えていた盛田は、海軍に惹かれた。軍人たちが退場すると、中学生の大部分は退場し、軍隊に関心をもつ少年だけが残った。

「いま、話をした井沢少尉は、円鏡寺のそばの駄菓子屋のむすこやぞ。両親がいなくて、おばあさんに育てられ、朝は新聞配達やっていたんや。それがいまでは海軍将校や」

そのような立志談を少年たちは好んだ。いま一人の少年は、『志願者要覧』を見ながら現実的な点にふれた。

「少尉の月給いくらか知っとるか。月七十五円やぞ。それに航海手当なんかついて、百円ぐらいになるそうやぞ」

「うちの先生ら、どのくらいもらっとるんやろうな」

「百円の月給いうたら相当上の方や、師範出たすぐは四十五円やからな」

この会話を聞きながら、盛田はこの土地の気質というものを考えた。美濃は古来、街道筋にあたり、住民は目先が利いて、勘定高い。農民は多くの領主に分割され、搾取がつづいたため、極度に自己保存の本能が強く、商人は大阪の影響をうけて、強欲である。いずれにしても拝金主義の信奉者であることを免れ得ないのである。

――薩摩の人間であったならばこのような目先のことばかりは考えまい。西郷隆盛や東郷平八郎を生んだ国の青年ならば、もっと国家とか大義とか大きなところに目をつけるのではあるまいか……。

二つの要覧を見くらべていた佐分利が言った。

「やはり海軍の方が条件がええな。ええか、陸士は入学すると二年間はベタ赤（二等兵）や。それから上等兵になり、四年生で軍曹や。卒業すれば見習士官で各隊に配属される。これにくらべて、海兵は入校と同時に一等兵曹の上、兵曹長の下の階級となる。衣服、食費は全額国家給与、月四円五十銭の手当という点は同じやが、階級からゆくと海軍の方が分がええな。それに遠洋航海もあるしな」

佐分利の説に盛田は心の中でうなずいた。中級サラリーマンの父をもつ彼は四人兄妹の長男である。父の月給は井沢少尉と同程度であり、大学までやってくれる能力があるのか、少年にとっては疑問であった。入校と同時に衣服も食費もすべて国家給与で、少額でも毎月手当があたえられるという点を考えずにはいられなかった。一つには国家至上主義に帰依し、国防のための選民となる精神的な自負、いま一つには経済的な出費をすべて国家が負担するという恩典、この二つが雑然とまざりあって、少年の心をとらえた。佐分利の説明によって、少年の心は海軍志望に大きく傾いたものといえる。

この後、盛田は柔道の激しい練習と並行して、長い受験勉強をつづけた結果、海軍兵学校に合格した。しかし、彼は国家の干城として、国のために死ぬことができなかった。ソロモンの空中戦で撃墜され、海上に不時着し、七日間の漂流の結果、彼はニュージーランドの船にひろいあげられ、米軍の捕虜となった。海軍を志願した動機が、若い英雄へのあこがれ、国家権力への没入、そして功利的な身辺の計算であった以上、彼の生存本能は、軍人精神に押し切られて、自殺を容認するほど弱いものではなかったのである。盛田は自分が偽の愛国者であったことをそのとき知ったのであり、そのコースは昭和八年一月一日のこの生徒控え室での決意にはじまったといえる。

八

肉の匂いが室内から庭のある空間に流れ出し、酒が回ると老人は雄弁になった。

「こうやって肉会をやっとると、合宿の肉会を思い出すな。これで佐分利がいてくれたらのう」

老人は同じことばを繰り返した。盛田は訊いた。

「お嬢さんはお元気ですか」

「ああ、美矢子か」

老人は箸をおくと、盛田の顔を見た。

「あれは死んだよ。――君は捕虜になっとったから知らんかったじゃろう。それに帰国してからも学校に顔をば見せんとじゃ。いや、君の気持はわからんこたあない。君らを軍人に仕立て上げた大半の責任は、わしら明治生まれの老人にあると考えとるけん……。いやあ、大大きなばくちじゃった。戦争は最大のばくちじゃきに、負けるとその傷も深い……」

老人は盃を干すと、ことばをついだ。

「佐分利の奴が少尉に任官して前線に行くときに、うちの美矢子をもらいに来たことがあった。中学生のころから好きじゃった、ぜひに、といってな。娘もまんざらでもなかったようじゃが、結局、わしは断わった。佐分利が北支の最前線へ行くことがわかっとったし、もう一つは、一人だけの娘を手ばなしとうなかったんじゃな。佐分利のやつ、残念そうな顔をして引きさがりよったが……。どうも、わしも在郷軍人会の副会長までやっていながら、娘のことになると、皇軍将兵よりは安全なサラリーマンを、と思って、もうしわけないことじゃが……。M重工業の技師にとつがせたんじゃ。ところが、その会社が満州に進出したんで、娘も新京までついて行った。現地で佐分利と会ったといって、手紙をばくれよった。佐分利のやつ軍司令官の親戚の娘をもらって、営外の官舎に住んどったらしい。終戦のとき、佐分利は奥地の討伐に行っており、娘は街のなかにいた。娘は引き揚げの途中、発疹チフスで死んだ。夫は人民裁判で銃殺されたらしいが、よくはわからん」

「きょうは、佐分利の奥さんにも招待をしたんですが、なにしろ、山口県なもんで、行けるかどうかわかりませんと、という返事でした」

そういう藤原の盃を、老人は受け、「なんにしても、あのころの君らは英雄じゃったな」といい、「きょうは暑い。昔の合宿なみに失礼するぞ」というと、シャツをぬいで、半裸になった。脂肪ののった腹が帯の上でふくらんでいた。

盛田は盃のなかの液体を眺めた。天井が映った。盛田は床の上に寝ていた。病床である。そばに二人の人間がいた。一人は母であり、一人は佐分利である。盛田は中学四年生のとき二回盲腸炎にかかった。春の大会の前に発病し、二週間ほど休んだ。そして秋の大会の前にも発病した。こんどは化膿がひどく、腹膜炎を併発した。盛田の父は枝豆の食いすぎを発病の原因と推定した。しかし、後になって盛田はそれを柔道着のせいだと考えることがあった。春秋の発病前に彼は濡れた柔道着を着た。多汗症の彼は、冬でも二時間の練習で汗が柔道着の裏にしみとおる。それを見ると坂元はきげんがよかった。

「よし、盛田は背中まで汗が通っているぞ。みんなもこのくらいやれ」

これを聞いて、佐分利や今井は井戸の水を多く呑んで、発汗に精を出したことがある。しかし、濡れた柔道着を翌日着るのは不愉快なものである。夏の間は井戸で洗って竹にかけておくと、翌日までに乾くが、秋になるとそうはゆかない。濡れたままの柔道着は塩分と酸味と体臭をまとったまま、冷たく皮膚に密着する。そのとき、体温が吸いとられ、全身が硬直する。相手と対し、乱取りをはじめても、しばらくは体が凝縮する感じを免れ得ない。

春の発病の前にも濡れた柔道着を着ていた。軟体動物の冷たい唇に吸われるような感覚を、味わった翌朝、胃が内壁からかきむしられるように痛くなり、やがて痛みが右下腹部に移行したのである。秋の発病は午前であった。授業中に腹痛がひどくなり、脂汗が顔を濡らした。三時間目の休みに立っておれなくなり、床の上に寝た。授業に来た教師は、盛田を医務室に運ばせた。佐分利と今井が彼を運んだ。

「重てえな、盛田のやつも」

今井が言った。

「また盲腸かもしれん。秋の大会にも出られなくなるな」

盛田はうめくように言った。

「心配するな、まず病気を治すんだ」

佐分利が言った。佐分利は春の大会に出場して四勝しており、こういうときの佐分利は分別くさく見えた。

「どっちみち、おれたちの本当の決戦は、来年五年生になってからさ」

彼は期するところがあるように言った。盛田たちのクラスは豆戦艦といわれた。体の大きい鷲見と藤原が三年生限りで柔道部をやめたので、あとは五尺三寸そこそこの選手が多かった。一番大きい佐分利も、五尺五寸に足りなかった。だれもこのクラスが、開校以来はじめてという、四本の優勝旗を元中にもたらそうとは考えていなかった。盛田たちの特徴といえば、無類といえるほど練習に熱心なことと、学業の成績が運動選手らしくなく、そろってよいことだった。

盛田は腹膜炎が悪化し、腹がまりのようにふくれた。東京の医大を出たという女医が呼ばれて、「盛田さん、これではもう責任がもてません。悪く思わないで下さい」と枕もとでいうのが聞こえた。母は涙をこぼした。盛田は自分が死ぬような気がしなかった。ほかの人間もそうであろうが、人間は死ぬときは自分でわかるような気がしていた。それにこの程度の病気で死ぬのでは、自分がいままで柔道の猛練習を積んだ甲斐がないと考えた。県下大会で優勝し、京都武徳殿の全国大会でも、優勝を争うぐらいの選手になってみたいという希望を、彼はまだ棄ててはいなかった。

——医師のことばによると、奇蹟的に腹膜炎はおさまり、盛田は小康を得た。佐分利がたびたび見舞いに来た。一週間分くらいためて教科書をさらってくれた。受験勉強にくらべると学校の教科はやさしかったが、それでも長欠の盛田には助けになった。佐分利は練習にも精を出し、十月の県下大会では四年生で副将として参加し、六回の対戦に全勝し、優秀選手として賞品をもらった。学校の成績としては三位に終わり、優勝戦には出場できなかったが、来年は佐分利を中心とした元洲中の時代が来るという声が聞かれた。佐分利は賞品のメダルを見せに盛田を訪れ、メダルをおいていった。

盛田が体力を回復して登校したのは十一月の中旬である。数日すると、盛田は職員室に呼ばれた。

「お前が病気の間、佐分利が始終見舞いに行って、教科を教えたと柔道部の連中が言っとるが、本当か」

と坂元が聞いた。

「はい、本当です」

「それについて、お前はどう思っているか」

盛田はしばらくことばをさがした後、「ありがたいと思っております」と答えた。

その翌日、朝礼の時間に佐分利が呼び出された。校長は佐分利を自分と同じ壇の上に立たせると言った。

「きょうは諸君にうれしいお知らせをする。四年生の佐分利を模範善行で表彰したい。四年生の盛田が盲腸炎で休んでいたことは知っているものもいようが、これを佐分利は毎週見舞いにゆき、その週の授業の復習をして聞かせた。しかも、佐分利は本校より北の方から通っており、盛田は南の方に家があり、道順は全然逆になっている。佐分利は毎週四里の道を往復したが、これはなかなかできんことですぞ。その間、佐分利は県下大会に出場して全勝で表彰を受けている。このように友情に厚く、また体育においても熱心な生徒をもったことを、本校は誇りに思うものである。諸君もすべからく、見習ってもらいたい」

校長は白い紙包みを佐分利に渡した。盛田は包みを受けとる佐分利のうつむき加減になった横顔を、複雑な気持で凝視した。

その日、盛田は佐分利と話をしなかった。常識からいえば、佐分利の行為は美談といえるのであるが、盛田は敗北感をぬぐうことができなかった。佐分利と盛田はライバルであった。

体は佐分利が大きく、柔道も彼の方が強かった。しかし、盛田は佐分利に対抗意識をもっていた。試合のときも彼には負けたくなかった。走っても佐分利の方が早かった。しかし、器械体操では盛田の方が蹴上がりが先にできたし、砲丸投げも盛田の方がよくとんだ。学業の点で二人は伯仲していた。佐分利は数学が得意であり、盛田は語学や暗記ものが得手であった。佐分利が、逆方向に居住する盛田をしばしば見舞った真意はどこにあるのか。佐分利自身にも明確に意識されてはいまいが、それは一種のヒロイズムではないのか。病床にある盛田を見舞うことによって、自分が優位に立ち、盛田に負い目をおわせようという気持が動いていたのではないか。

――川で溺れている子供を、岸辺の人間はなぜ助けるか。人命救助は善行であるが、助けた人間は助けられた人間よりも優位に立つことは明らかである。佐分利の心理をそのように分析したわけではないが、盛田の気持は重かった。つまり、佐分利に借りができたのである。

盛田は勉学に力を入れはじめた。ときどき、柔道部をやめて受験勉強に全力を注いでいる鷲見のことを考えたが、柔道をやめようとは考えなかった。そのようなとき、彼の脳裡に浮かぶのは、小学校の校庭で加藤に平手打ちをうけている、幼い自分の姿であった。それに一度は優勝したいという望みはまだ彼の脳裡から消えておらず、また、海軍にはいるにも柔道が強いということは、有利な条件のように思えた。その前に、武道を探究して、道の奥義をきわめたいという、少年講談に影響された求道心も働いていた。

この年の十二月に、盛田と佐分利は名古屋の試験場で海兵を受験した。準備不足の盛田は第一日の代数と英語ではねられた。第一問の未定係数法さえ解けなかったことは、彼に受験の厳しさを教えた。佐分利は三日目まで残ったが、結局落とされた。受験は柔道の試合とは別の生存競争の厳しさを二人に教えた。

この年末、盛田は岐阜市の県立病院に入院して、虫様突起摘出の手術を受けた。手術の前日、盛田は病院にはいった。病棟の事務室には小さなクリスマスツリーが飾ってあった。午後、盛田がベッドに寝て、幾何の参考書を読んでいると、看護婦が二人はいってきた。一人は鼻が少し低く丸ぽちゃで、一人は瓜実顔であったが、どちらも盛田には美人と考えられた。彼女たちは適度に化粧し、年齢も二十歳前後であり、盛田が通学の途中出会う女学生たちよりは娘らしく見えたのである。二人は、盛田にパンツをぬぐように命じた。盛田はとまどいながら、パンツをぬいで横になった。看護婦は持参した刷毛に石けん水をつけ、盛田の突出物の根元に塗りはじめた。丸ぽちゃの方が笑いはじめ、いま一人はこらえながら、石けんの泡を立てた。丸い方が西洋かみそりで毛を剃りはじめた。球になっている部分の皮がゆれ動くので、脱毛の作業ははかどらなかった。

「笑っとったらあかんがね」

「それでも、なんや、いやらしい（恥ずかしい）もん……」

二人の会話が脚の方で聞こえた。盛田はその部分を女たちにまかせながら眼をつむっていた。網膜のなかに、小さなクリスマスツリーがあった。赤青の灯火が明滅し、それがネオンを連想させた。金津の遊廓が再現された。鷲見や佐分利たちとその遊廓をのぞいたのは一年生の初夏であった。金津の裏通りに、ネオンの湿った色があった。中学二年の夏、彼は自転車でこの裏通りを通ってみた。夕刻に近く断髪の女が水をまいていた。日本髪の女が湯上がりらしく、金だらいをかかえて歩いていた。三年生の秋、岐阜に試合に行った帰り、彼は金津の廓のなかを自転車で通ってみようと考えた。しかし、大門まで来ると元気がなくなり、やはり裏通りを走った。四年生になってからは行かなくなった。同級生の一人が退校になった。彼は借家を二十軒以上も持っている資産家の息子であったが、番頭とともに家賃を集めて歩き、その金で遊廓に遊びにゆき、病気にかかったのである。彼は野球部にいたが、頭髪の裾を刈り上げ、上を分けていた。このころの盛田は、柔道と海軍の受験に専念して、女性に対してもストイシズムを信奉しており、遊廓をのぞこうという好奇心は押さえられていた。

盛田が明滅するネオンを連想している間に、女たちの脱毛作業は徐々に進んだ。そこへ一人の看護婦がはいってきた。

「あんたたち、なに笑うとるんやね」

やや年かさのその女は、

「ここんとこは、こうやって皮を引っ張っとって剃るんやがね。こないだ教えたやないの」

彼女は手ぎわよく剃り終わると、濡れたタオルで拭った。

「さあ、おしまい」

そういわれて、盛田はうす目をあいて自分のそれを見た。いままで裾野を蔽っていたくさむらを失ったそれは、寒そうに傾いていた。麦を刈りとられた畑の表面に、とり残された風車のように、それは孤独だった。盛田は寒々としたものを感じながら、パンツをはいた。

手術は、かなり長い時間を要した。盛田の虫様突起は化膿し、腸に巻きつき、膿が腹膜に広がっていた。傷口は約五寸であり、九針縫った。佐分利や今井が見舞いに来た。一年下の小林が笑わせるのだが、笑うと傷口が痛むので、盛田は笑いを途中でやめ、しかめ面をしていた。十日間の入院の後、盛田は退院した。自宅療養をつづけ、登校したのは一月の下旬である。少し痛みがあるので、下腹にさらし木綿を巻いて柔道着を着た。さらしの白さを、盛田は気に入っていた。体力が少し回復すると、盛田は佐分利に練習を挑んだ。

「おい、大丈夫か、無理をするな」

次年度の岐阜県一と目される佐分利は、身長も体重も盛田をしのいでいた。立ち業で投げられると、盛田は寝業にいった。押さえにいったが、はねかえされ、下になった。もみあっているうちに、さらし木綿がとけた。

「おい、大丈夫か、傷口のまわりから、肉がふくれあがっているぞ」

崩れ上四方に押さえこんだ佐分利が上から声をかけた。

「大丈夫さ」

そういったが、盛田には、はねかえす力がなかった。

「盛田、だいぶ、元気になったな」

練習のあとで、坂元がそういってうなずいた。

坂元はいまでも佐分利を頼りに思っているのだろうか。

坂元の腹部に光る汗の粒を見ながら、盛田はそう考えつづけた。京都の夏がふたたび盛田の脳裡に甦った。

昭和十一年七月の終わりに、京都の武徳殿で催された全国中等学校柔道大会に盛田たちは五年生として参加した。前年は二回戦で敗退したが、この年は春の県下大会でも優勝しており、元中の柔道部は鷲見、馬場の時代についで強力な時代にはいっていた。一つの気がかりは、第二日目が陸士の身体検査にあたっているので、受験する佐分利が検査場の名古屋に行かねばならぬことだった。

「まあ、ええ。まず第一日を勝って、二日目の三回戦に進むことじゃ」

坂元部長はそういって元気をつけた。一、二回戦の相手は地方の農林学校や商業学校であった。元中は五人全勝で翌日の三回戦に進むことになった。抽籤の結果、相手は京都で古い歴史をもつ京洛中学と決まった。この学校は野球が強いので有名だったが、柔道の方でも、この年は実力三段といわれる大竹を大将に据えて優勝候補の一つといわれていた。

「おい、あとを頼むぞ。おれも大竹と一度やってみたいと思っていたが……」

そういうと、佐分利は盛田の掌を握り、武徳殿をあとにして京都駅に向かった。

吉田山に近い宿舎に帰ると、作戦会議がひらかれた。

「ええか、京洛中は大将が別格で、副将はまあまあ、あとの三人はうちより弱いから、はじめの三人で勝負をつけにゃあいけんぞ。そうしたら盛田は引き分けでもよか。高橋は佐分利のかわりじゃから、しっかり頼むぞ」

会議が終わると選手たちは町へ出た。東山通りにセルフサービスの大衆食堂があった。三高や同志社の学生が使うこのような食堂がこの地域には多かった。飯はおひつにはいっているので、好きなだけよそって食べる。おかずは、鰯の焼いたのや野菜サラダや、里いもの煮つけなどその日によって違う。お新香とみそ汁がついて合計二十五銭である。変わっているのはみそ汁で、青い琺瑯（ほうろう）引きのタンクにはいっており、コックをひねると豆腐やネギの小片とともに流れ出てくる。みそ汁は、鍋からしゃくしですくうものと考えていた盛田たちには、このような簡便な装置は珍しかった。学生の多い京都らしい設備である。白い絣を着た武専の生徒たちが、飯を食い終わり、食券を丼の内側に張りつけて出てゆくのを、盛田たちは珍しそうに見送った。

宿舎に帰っても盛田たちは眠られなかった。

盛田は宿を出て、吉田山の階段を登った。「葷酒不許入山門」と彫った石の碑があり、それを通って左に抜けると庭に出た。ここは料亭の離室らしく、仏像や美術品がガラス障子の向こうにおいてあった。灯火のかげから一人の老女が顔を出し、

「ほう、どこの学生さんかいな」

といった。盛田が学校名をいうと、

「ほな、岐阜から……。まあ、おあがりやす」

老女は盛田を濡れ縁から室内に上げ、美術品の説明をはじめた。

盛田の怪訝(けげん)そうな顔をみると、

「そうやな、若い人にはベランダでサイダーでもあげた方がよろしおすな」

老女は盛田を導いて、弦歌の聞こえる大広間の横を抜け、階段を登り、高台にあるガーデンに案内した。崖の上に張り出したガーデンは、周囲にぼんぼりをともし、テーブルでは男女がビールを呑んでいた。帯の長い舞妓の姿もみえた。京の街が見おろされた。碁盤の目に切られた市街がその形のままに灯火で示され、美しかった。反対側を見ると空中と思われる高いところに灯の一団があった。

「あれはな、比叡山え」

老女は螢の宿かとも見えるその灯火を指さした。サイダーを一本馳走になって、盛田は展望台をあとにした。

翌日の午前、元洲中学は京洛中学と対戦した。先鋒の後藤が払い腰で、次将の小林が内股、中堅の今井が背負い投げで、それぞれ一本をとり、三対零となった。はじめの三人は一人が一点、副将と大将は一点五分という計算法なので、ここで盛田が引き分ければ元中の勝ちである。しかし、負ければ、補欠から大将にはいった高橋は、大竹の敵ではないので、元中の勝利はおぼつかない。

「盛田、しまってゆけ！」

坂元が後ろから声をかけた。

盛田の相手は岡村といって、盛田よりも少し体の大きい、がっしりとした男である。組むと最初から脚をとばして大内刈りにきた。それをはずしながら盛田は、この男は自分とほぼ同等の実力だと判断した。相手はそう考えたかどうかはわからない。何にしても彼が得点しなければ、優勝候補の京洛中学は三回戦で消えてしまうので、必死である。オール・オア・ナッシングというのが彼の心境であるかも知れない。彼はつづいて大外刈りをかけ、盛田がはずすと、小内刈りをかけて押して来た。彼の意気込みに押されて、盛田は後退し、自軍の選手のなかに倒れこんだ。審判は、「業あり」を宣した。元中の選手たちの間に、騒然としたものが湧いた。

「盛田、押されるな」

「盛田、攻めろ！」

そのとき、

「負けてもかまわん、攻めていけ！」

という坂元の声が聞こえた。

攻撃は最良の防御なり、ということばは、日本海海戦のとき東郷平八郎が発した訓戒だそうであるが、これはこの時代の運動選手にとっても、一つの金言となっていた。盛田は気をとりなおすと、ひと息入れている相手に大内刈りをかけ相手を押した。岡村は自軍の席に倒れこんだ。しかし、審判は黙っていた。盛田は不審に感じながら、つぎの機会を待った。立ち上がった岡村は、強引に大外刈りをかけてきた。盛田は背が低く、重心が下の方にある。

脚は短いが、腕の力があった。大外の返しは彼の得意の業である。岡村の不十分な大外をこらえ、もどそうとする相手の脚をとらえてひっくり返すと、岡村はよろめいた後、尻もちをついた。

「業あり！」

審判の声が響いた。立ち上がった岡村は、大きく息をして、両腕を八の字型に拡げ、「サア！」と言った。盛田も、「サア」と言った。二人の間にかすかな共感といえるものが流れた。しばらくして二人はまた組んだ。こんどは手の内がわかってきたので慎重になった。岡村にしてもあのように大外刈りを返されたのでは、攻撃精神ばかりでは危ないと考えたのであろう。盛田もやや腰を引き、自護体に近い構えになった。中堅までは試合時間が五分であるが、副将、大将は八分である。かなり長い時間だった。

「岡村、どうした！」

「京洛の誇りを忘れたのか！」

地元である京中から応援のことばが飛んだ。ふたたび、大内刈り、出足払い、大外刈りと、岡村の業が連発された。盛田はふたたび大外刈りを返した。岡村は尻もちをつきかけたが、身をひるがえして後ろ向きになり、畳に手をつき、追加の業ありをとられるのを防いだ。敵も必死なのを盛田はさとった。そのまま盛田は後ろに回ると絞め業にいった。これは成功しなくとも時間かせぎの効果がある。うつぶせになった相手の腹の下に膝頭を入れ、左手で相手の右襟をとり、右手を背後からまわして相手の左襟をさぐろうとした。二人が争っていると審判が、「立って」と言った。二人は立ち上がった。盛田がタイムの合図をし、正座して服装を直しながら、相手を見た。岡村はすでに帯をしめ終わり、腰を宙に浮かし、険しい目つきをしていた。

ふたたび二人は立ち上がった。組むとすぐに相手は背負い投げをかけてきた。いままでに見せなかった業である。タイムの間に考えたのであろうか。盛田の方が背が低いので、かからないだろう、と考えていたのが、ここで意表に出ることに着想したのかも知れない。盛田は背負い投げには強かった。重心が低く、腰の厚い男を、背負うのは難しいらしい。試合で背負い投げで投げられたことはない。岡村が背負いにもぐろうとして体を低くし、向こうむきになったとき、左掌で相手の左肘を制し、崩れかけた相手を後ろに引き倒した。相手は半身になり、畳に片手をついた。ふたたび寝業で、崩れ上四方にゆこうとすると、審判が、「分かれて」といった。二人は立ってふたたび組んだ。

盛田は少し余裕が出て来たのを感じた。

――この相手はおれより少し下かも知れない。それに、あいつぐ攻撃で疲れている……。

練習量は盛田の方が多いようであった。彼は思い切って釣り込み腰をかけてみた。盛田の釣り込み腰は背負い投げと払い腰の中間のような業であるが、背の高い相手にはわりによく利いた。このときは深くはいりすぎたらしい。相手も腰が強く、これを受けると裏をとりに来た。盛田はよろめきながら体勢をとりなおそうとした。相手はなおも脚をからませ、裏をとろうとした。息づかいが盛田の耳に聞こえた。盛田はからまれた脚をはずし、ふたたび釣り込み腰をかけた。相手はまた裏をとりにきた。盛田は背中から落ちるのを避けるために先刻相手がしたようにうつぶせになろうとした。相手はそれにからまったまま同体に倒れた。下に人体があり、そこは観客席であった。計時係の鐘が鳴り、引き分けを告げた。

礼をしたとき、盛田が相手を見ると、眼のふちが赤く染まっていた。泣きかけているようだった。泣く準備をしているように見えた。これで大将が負けても元中の勝ちである。自席に帰ると、となりの今井が、「ようやったな」と言った。坂元が後ろに来て、「よかったぞ、盛田」と肩を叩いた。あぐらをかいて、帯を直しながら、盛田はいま自分と戦った相手を見た。岡村は両脚を大きくひろげ、菱型のあぐらをつくり、そのなかに頭を落としていた。丸刈りの頭頂部がこちらから見えた。それはふるえてはいなかったが、泣いているのだろう、と盛田は考えた。昨年の夏、二回戦で負けた自分を盛田は思い起こしていた。自分が負けたため、元中は二回戦で落ちたのである。岡村の気持は盛田にもわかった。優勝候補という母校の名誉は、これで地に落ちたのである。

——しかし、岡村は自分が負けたため自校が敗退するのではないから、まだよいのではないか……。

そのように考えながら、盛田は一つの疑問を禁じ得なかった。おそらく岡村は自校の名誉のため、最大に精神力を燃焼させて向かってきたのであろう。しかし、岡村と盛田の伎倆はほぼ互角であり、精神力だけでは、盛田を圧倒するわけにはゆかなかったのである。戦いにおいて、精神力が高揚するのは自軍だけではない。平素の修練が不十分なのに、事あるときにのみ精神力を強調しても、それは神だのみに類似するのみである。そして、勝敗を決める場に、神がいないということをもっともよく知っているのは、闘士そのものなのである。精神力も、業の力も、すべて平常の修練によって蓄積され、それが勝負という緊張の場においてて最高度にチェックされるのにほかならない。いま、岡村は自分の攻撃精神の不足によって、相手を倒し得なかったことを悔いているかも知れないが、それは無益なことなのではないか。弱者が強者に勝ち得るのは、事故によってのみである。この考えは、必然的に坂元部長への抗議をともなった。

——あまりにも精神力にのみとらわれていはしないか。疲れて起き上がれない選手を竹刀で撃つのはよいが、それ以上に、伎倆の修練によって、道の精神を会得せしめる方法はないのか。それとも、それほどの指導力がないため、鞭打つことによって、生徒におのずから奥義に接近せしめようとするのであるか。

この疑問はこのとき以降も深まっていった。

畳の上では、つぎの勝負がはじまっていた。京洛中の大竹は、ハワイ生まれの二世といわれ、六尺二十四貫という体格がそれを裏づけていた。年もとっているようだった。彼はかなり激昂していた。自分が勝っても、もう勝敗は動かしがたいにもかかわらず、小柄な高橋をいきなり引き倒し、後ろに回ると、送り襟絞めにいった。一分後、高橋は絞めつけられ、掌で畳を叩いた。「参り」の合図があったのに、大竹は腕をゆるめなかった。審判が近より、「はなして」といった。大竹から解放された高橋は気絶していた。鼻汁を流し、口から泡をふき、眼に力がなかった。審判が後ろに回り、活を入れた。高橋は鼻汁をたらしたまま自席にもどった。選手たちは立ち上がり、上座の皇族に礼をした。引きあげるとき、盛田は大竹を見た。彼はうつむいていた。肩をすくめた大男が控え室の廊下に消えるのを盛田は見送った。

「盛田、きょうの殊勲者やぞ」

坂元が来てふたたび肩を叩いた。そのようにほめられたことがないので、盛田は少し奇異に感じた。そこへ武専に勤めている先輩の馬淵が顔を出した。

「おい、大したもんやぞ、元中は。京洛を負かしたら、こちらが優勝候補やぞ」

しかし、盛田は実感が湧かなかった。大竹のような並はずれた選手がこれからも出てくるならば、優勝は至難であると考えられた。前々日の個人対抗試合で、盛田は大竹と赤松の試合を見ていた。赤松は鹿児島の実業学校の主将である。彼の学校は昨年度の優勝校である。好背は大竹の方が高かったが、体格は赤松の方が頑丈に見えた。二人は三段の部に出場し、好敵手と考えられた。二人とも得意は内股であり、業の応酬があった。引き分けかと見られたが、赤松は内股をケンケンのように引き伸ばし、左の引き手を絞ると強引に大竹を巻きこんだ。大竹の体は半回転して畳に落ちたのである。

四回戦の相手は東京の府立商業であった。ここでも後藤と小林が点をとり、今井が引き分けた。盛田の相手は岡村よりも少し弱いと思われた。落ち着いて釣り込み腰にゆけば一本とれるかと考えられたが、慎重を期して引き分けた。いつも引き分ける役ではなく、きれいに一本とってみたいという欲求が盛田の胸のなかに生じていた。

五回戦の相手は熊本の中学であった。前身は肥後藩の藩校であり、剣道が強いので有名な学校であった。肥後っぽらしく精悍な選手たちであった。先鋒の後藤も次将の小林もねばられて引き分けで中堅の今井になった。相手は小柄だが俊敏な感じの選手だった。小内刈りから寝業にもちこまれ、横四方で固められた。いつも点をとる今井がとられたのである。盛田の責任は重大となった。相手の副将は盛田より少し背が高く、京洛中の岡村に似たがっしり型の選手である。組んでみると、岡村より当たりはやわらかいが、簡単に勝ちのとれる相手ではなさそうである。頬の肉がしまっており、けいこも十分しているらしい。こんどは盛田が全力を尽くして攻める立場になった。大外をかけて返されかけたあと、思い切って内股に行ってみた。相手の体は宙に浮いたが、飛びこみが不足で、引き手に力がはいらなかったせいか、相手は回転しなかった。盛田の体は崩れ、畳に手をついた。相手は寝業に来た。押さえようというのではなく、時間がかせげればよいのである。先刻の岡村の立ち場に追いこまれていることを盛田は意識した。ここで点をとらないと、大将戦では補欠の高橋に分がない。盛田は両脚で相手の腰を蹴り、反動をつけて立とうとした。相手はなおも押してきたので、場外に出た。この間に五分が経過した。

「あとしばらく」

審判が宣したところで、相手は座って服装を直しはじめた。盛田は、自分も服装を直しながら焦燥を感じた。相手を観察し、自分とよく似た男だと思った。この男もずんぐり型で、とくに決め業はなく、かわりに負けることも少ない。はじめの方で点をとれば、この男が引き分けて勝ちを確実にするのであろう。その点でもおれとよく似た役割の男だ……。二人は立ち上がり、審判は再開を宣した。あと二分間である。内股、大内刈り、釣り込み腰と、盛田はもっている業を全部こころみた。しかし、相手は腰を引き自護体でそれを耐えた。相手がかけてくれれば返す手もあるのだが、自分と同型の腰の重い相手に固く護られては、盛田の短い脚では業の施しようがなかった。名人でも上手でもない彼には、相手の隙を見きわめて、一発の極め業をほどこす知恵がなかったといえる。体力の消耗のうちに時間が経過し、戦いは終わった。相手の大将は背の高い男だった。高橋は果敢に攻めたが、ともすれば裏を返されかける。ときどき相手の放つ内股が高橋を脅かした。長い脚で高橋の短い脚をひっかけてふり回すので、高橋の方が防御に回るようになった。八分が経過し勝負は終わった。

立ち上がって礼をする前に、盛田は天井を仰いだ。古びた格天井があった。もうこれでこの天井の下で試合をすることはあるまいと思われた。うつむいたまま、柔道着の袖を眼にあてている今井の後から、盛田は武徳殿の畳の上を歩いた。控え室にもどると、今井は声をしのんで泣いた。盛田はうつむいて、畳のケバをみつめながら、なぜ今井がやられたのだろう、と考えた。相手は今井をウイークポイントとみて、彼を狙ったのである。

坂元が来て、「まあ、ええ、今井がやられたんじゃ仕方があるまい」と慰めた。

「大将なしで、五回戦まで行ったんじゃから、相当なもんじゃ」

といい、しばらくしてから、

「佐分利がいてくれたらな。あの相手なら、内股でとばしたな。うまく行けば、優勝戦まではゆけたな」

と言った。

九

──あれから三十年たった、と盛田は考えた。

いまでも坂元は佐分利を頼みにしているのだ、と彼は、もう一度考えた。

「柔道部万歳」の三唱があって、会は終わった。

「おい、盛田……」

坂元は階段の降り口で盛田を呼びとめた。

「君は、細君に死なれてやもめ暮らしじゃそうなが、子供は元気かね」

「ええ……」

盛田はうなずいた。

「その後、柔道はやっとるかね」

「いいえ……」

「そうか、そうじゃろうな……」

彼はそこで口ごもり、盛田の顔をみつめると、視線をほかの教え子たちに移した。

「わしは盛田に、いや、君たちに……」

彼はそう言った後、補聴器をふところから出して眺め、

「いや、ありがとう」

と言い、階段を降りはじめた。

坂元を送り出した後、鷲見が言った。

「おい、二次会に岐阜へ行かないか。長良川の鵜飼いだ。七時に遊船を藤原が予約してあるんだ。芸者も来る」

盛田はそれを断わった。

「中学へ行ってみる。あれから行っていないんだ」

岐阜へ行くハイヤーを待つという藤原たちに別れを告げると、背広の上着を自転車のハンドルにかけ、盛田はペダルを踏んだ。高野家の近くから中学の裏門に通じる道があった。新しい住宅と畑にはさまれた道を、盛田はゆっくり走った。中学生のとき通った道である。夕方に近く、光線は伊吹の近くから斜めに投じられているが、盛田の脳裡には雪の連想があった。

――昭和十一年二月二十六日のことである。

柔道部の特別部員は、朝七時から寒稽古をやっていた。盲腸の手術が終わって間もない盛田もこれに参加していた。四年生が間もなく終わろうとしている。この日は前夜から雪が降

っていた。穂積駅に近い盛田の家では二十センチぐらいであったが、北方の町では五十センチ近くあった。

午前六時に家を出た盛田は、自動車のタイヤの跡をひろって自転車を走らせた。中学の裏門まであと二百メートルのところで細い枝道にはいったが、この道はだれも通ったあとがなかった。表門への広い道を選ばなかったことを後悔しながら、盛田は自転車を肩にかつぎ、雪の中を歩きはじめた。雪は深く、脚の短い盛田は、雪から脚を抜いて、つぎに踏み出すのに困難を感じた。自転車が重く、百メートルゆくと、全身が汗ばみ、吐く息が白く凍った。雪は止んでいたが、夜は完全に明けてはおらず、薄闇が残っていた。歩みをとどめると、盛田は前方の空を見た。中学の北には桑山といわれる低山があり、その向こうには美濃と越前の国境に連なる山岳があった。ふだんは雲につつまれて見えない千メートル以上の山なみが、この日は空気が澄んでいるせいか、地上よりも早く夜明けを迎え、陽光を浴びて青い空に白銀の線を画していた。

校門にたどりついた盛田は、自分がはじめての登校者だと思った。しかし、自転車置き場にゆくと、雪にまみれた自転車が、一台だけおいてあった。道場にはいると、佐分利がすでに柔道着に着かえて、柱に向かって打ち込みの練習をやっていた。佐分利の住む村は、北方よりさらに山岳地帯に近かった。

「えらい雪や、お前の方は仰山(ぎょうさん)つもっとるやろ」

盛田が声をかけると、

「きょうは四時半に起きてきたんや。こういう日にこそ、寒稽古に遅れたらあかんちゅうて、おふくろが弁当つくってくれたんや」

佐分利が少しためらいながら、おふくろというのを聞きながら、盛田は少しうらやましく思った。佐分利のおふくろはじつは伯母であり、彼の実母は遠くに別れたきりである。盛田が盲腸炎で寝込んだとき、佐分利は見舞いに訪れたが、盛田の母に甘えたいような風情を示すことがあった。しかし、いま、盛田は佐分利の方が幸せだと考えていた。盛田の母親は筋腫ができて、大阪の病院に入院していたのである。難しい病気で、日本ではそこの医師しかできないという治療を受けに行っているのである。この日の弁当も手伝いに来ている近所の女性が前日の夜つくったものであった。

「お前んとこのおふくろどうや？」

と佐分利は訊いた。

「うん、まだ手術はせえへんのやがな、だいぶむずかしい病気らしいんじゃがや」

「そうか。大阪では見舞いにも行けんしな」

盛田が柔道着に着かえると、まだ体力の回復していない彼の打ち込みの相手に、佐分利はなってくれた。打ち込みというのは、片方が業をかける型を示し、相手がそれを受けるのである。五十本ほど打ち込みをつづけ、氷の板のように感じられた柔道着がやっとぬくむころ、ほかの生徒が顔を出した。

この日、雪は教室のなかにも降りこんでおり、陽があたるにつれて、窓ぎわの生徒の机上には水滴が残った。

午後のけいこを終わり、帰宅して夕食をすませ、物理の参考書をひらいていると、父が帰ってきた。

「おい、大変だぞ、総理大臣が殺された」

父の手には号外があった。

「岡田総理、陸軍将校に射殺さる」という大きなみだしが目にはいった。「斎藤内大臣、高橋蔵相も襲わる」というみだしもあった。歩兵一連隊、三連隊の青年将校が千四百名の兵士を指揮して、重臣を襲ったのである。

盛田は四年前の春を想起した。「話せばわかる」といいながら射殺された総理大臣がいた。あのときは海軍の青年将校が行動したのである。大変なことが起きたという反面、青年将校の行為が英雄的であるような気もした。桜田門で井伊大老を襲った水戸の浪士たちの行為を壮烈とたたえる考え方に、盛田は共感をもっていたのである。

青年たちはおそらく国家のためを思って重臣たちに建言したのではないか。それが容れられなかったため、彼らは日本の前途のため、暗殺を決行したのではないか。多くの暗殺にともなう過激なヒロイズムが、盛田の気持を酔わそうとした。その反面、この青年将校たちはどうなるのだろう、暗殺者だから結局は罪人として処刑されるのではなかろうか。それよりも前に、青年将校たちは日本をどうしようと考えたのだろう、そしてその考えは正しかったかどうか。このようなとき、佐分利ならどう判断するか聞いてみたいような気がした。

翌朝、まだ雪の残っている明け方の道を、盛田は学校に急いだ。この日は盛田の方が早かった。佐分利は道場に姿を現わすと、すぐに言った。

「おい、これは革命だぞ。東京には戒厳令がしかれている。陸軍が政権を握り、八紘一宇の精神を実現するんだ。軟弱な重臣たちを一掃したのはそのためだ」

彼は警官の父親から、かなりの知識を仕込んでいるらしかった。

「どうしようかな、おれは海兵へ行くかな、それとも陸士の方が日本を改革するには早道かな」

彼は出足払いの型を示しながら言った。

「しかし、暗殺をやった青年将校は、いずれは罰をうけるんやないか」

「いや、そうとは限らん。政権が樹立できれば、彼らは政府の中心となる。明治維新の勤皇の志士と同じだ。だれかが西郷で、だれかが桂小五郎なのだ。しかし、暗殺者として処刑されても本望だとおれは思うな。皇国のために命を捧げるんだ。改革には犠牲が必要だ。しかし、歴史が彼らの行動を評価するさ」

彼は体落としの型を示した後、言った。

「なんにしてもいまの政治家はだめだ。東北では冷害に泣いて、娘が身売りをしている。おれたちの元洲郡でさえそうじゃないか。伊吹山が目と鼻の先に見える狭い土地を、何人かの地主が握って、小作人はつくった米をみんなとられて、ズイキ芋の茎を食っている。日本は狭すぎる。日本は満蒙をしっかり手の中に握らんけりゃ、発展の余地はない。ところが重臣というのはみな英米派か、それでなければ、腰抜けの老人ぞろいだ」

彼は大きく投げる型を示した。佐分利の知識の広さに、盛田は敬意に似たものを感じた。

「おれの親戚で、陸士を出たやつが、この間、満州から手紙をよこしたんや。人生わずか五十年、軍人半額二十五年と書いてあった。面白いやないか。おれも二十五年だ。半額でゆくんだ」

それを聞きながら、この男はきっと早く死ぬだろう、と盛田は考えた。それでなければ、彼はうそをついたことになるし、彼の人生は美しくない。しかし、おれはどうだろう。おれはこの男ほど死に急ぎはしないだろう。求めて死を急ぐことはない。しかし、軍人を志願したならば、勇敢に戦わねばなるまい。それにしても、軍人ならば天皇陛下から命令があったときに戦えばよいのではないか。なぜ重臣を暗殺したりまでして、自分たちの政策を実現させようとするのか、盛田には了解できかねた。

十

盛田の乗った自転車が中学校の裏門に近づくと、騒音が聞こえた。裏門をはいると柔道場が右側に見える。多くの人夫が屋根にのぼり、瓦をおろしている。玄関からは畳を運び出し、競技用トラックに、ピラミッド型に積み上げている。鉄骨の櫓の下には大きな糸巻きに似たウインチが試運転を行なっており、この騒音がもっとも激しかった。それらを横に見て、盛田は校庭を通過し、表門から外の広い通りに出た。北方から越前国境の根尾に出る街道である。桜並木があり、その向こうは糸貫川であった。糸貫川は根尾川が分かれて長良川に注いでいたのであるが、いまは上流と下流を締め切られ、廃川であり、広い河原に砂利とりのトラックが動いている。

――この河原を見たかったのだ……。

そう自分に言って聞かせながら、盛田はトラックのタイヤが固めた道に自転車を乗り入れた。このあたりは川床が浅く、河原の幅は二百メートル以上ある。盛田が中学生のころ、上流に豪雨があると、この河原に水が満ちた。しかし、桜並木のある堤まであふれるほど水が満ちることは稀であった。浅いが広い河原なのである。

トラックの轍のあとをたどりながら、盛田は風のなかに歌声を聞いた。応援歌である。毎年、夏休みが終わると、「応援」の練習がはじまった。十月下旬に行なわれる県体育連盟主催の陸上競技大会の応援である。一年から四年生までの生徒が放課後の河原に整列する。ときには立って、ときには砂利の上に座って応援歌をうたう。歌は有名大学の校歌や、楠公の歌や軍艦マーチなどの曲に、勇壮と思われる歌詞をつけたもので、「聞け万国の労働者」というインターナショナル系の曲まで活用され、十数曲あった。

この応援は苦痛であった。和服に袴をつけた応援団長が、日の丸のついた扇子を両手に、三、三、七の拍手の音頭をとる。「フレー、フレー、元中！」と声を絞らせたあと、歌にかかる。約二時間の練習のあとで、

「ええか、あしたまでに、冷気身に沁む秋の霜、と、またも出たわれらが選手、と、若き牡獅子つわものわれら、とを暗記してこい」

と団長が宣する。

翌日はテストがある。五年生の団員が紙を配り、歌の文句を書かせる。一番から三番まで満足に書けない下級生は、河原の対岸まで駆け足の往復を命じられる。盛田も一度この制裁をうけた。河原の西寄りには流れがあり、飛び石づたいに板橋がかけてある。それを渡って対岸にゆき、槇垣の葉をちぎって持ち帰るのである。一年生はまじめに走るが、四年生は真剣にやらない。川の中流まで歩くと、斜面のかげに寝ころび、帰ってきた一年生から槇の葉をうばい、ゆっくりした駆け足で帰るのである。団長は理科室から借りてきた双眼鏡でそれを見ている。帰ってきた四年生を団長は呼びとめる。

「おい、お前はこの間も応援をさぼったやろう。愛校心が足りないぞ」

団長はその生徒に平手打ちをくらわせて、

「ちょっとは身にしみたか」

という。四年生は頬をふくらませながら、自席にもどるのである。

盛田はこの応援に嫌悪を感じた。愛校心に名を借りて五年生の団員たちが権力欲を満足させているにすぎない。その証拠に、五年生の団員たちは柔道も剣道も弱く、野球も陸上もできない劣等生が多かったからである。盛田は応援することを好まない。彼の望みは、選手として他の生徒から応援をうけることであって、自分が無名の一人として応援席で声を嗄らすことではない。彼は路傍の雑草であるよりは、桜の巨木であることを欲したのである。早く二年生になりたい、と彼は思った。二年生になれば、特別部員になれる。特別部員は「応援」を免除される。その時間、練習にはげみ、県下大会のとき、柔道なり剣道なりの大会の応援にゆき、雑用や計時係にあたるのである。

県下の陸上競技大会は、岐阜市の南郊にある加納城の跡で行なわれた。本丸の跡が運動場になっており、そこに県下の十数校が集まるのである。応援団の席も決まっており、それぞれに工夫をこらす。一番派手なのは商業である。そろいの色シャツを買うなど金をかけている。地味なのは師範で、応援は任意ということで、広い芝生に人影がまばらであった。

——おれが柔道の選手になりたいと考えたのは、一つにはあの応援からのがれたかったからかも知れない……。

三十年をへたいま、盛田はそのように考えながら、自転車を降り、砂利と砂のなかを引っ張って西の方に歩いた。高圧線の鉄塔が立っていた。河原の中央から西に寄ったところに小さい島のように小高い丘があり、その上に高圧線を対岸に渡すための中継所である。このすぐ下は水流が島の斜面をえぐって淵をつくっていた。岩盤の隆起によって、この地点だけは土質が堅いらしい。水流がよどみ、糸貫川にしては珍しく深さが五メートル以上もあり、水の色も濃い緑を呈していた。

夏の合宿のとき、午後の練習が終わると、少年たちはこの淵で泳いだ。水はゆるやかに流れ、太陽光線を吸収してややぬるく、それでも練習で熱した少年たちの肌には快(こころよ)かった。海のない県で育った少年ではあるが、泳ぎのうまい子はいた。今井はとびこみがうまかった。高圧線の鉄塔を伝って、七、八メートルの高さまで登ると、水の方を向いて姿勢をととのえ、いちど手を前にそろえたのち、左右にひらき、胸を張って、足で塔を蹴り、大きく前に跳ぶのである。彼の体は抛物線を描き、徐々に頭部が下降し、ほぼ垂直に入水する。盛田や佐分利には、それがうまくできなかった。盛田は前方にとび出すと腹から落ちそうな気がして、足から落下することにした。豪胆な佐分利は基本をわきまえないで勢いよく前方にとび出し、予想どおり腹から落ちた。海水着を用意していないので、少年たちはパンツのまま泳ぐと、岸にあがりパンツを干した。パンツが乾く間、河原の砂利の上にねそべり、空を仰いだ。解放感があり壮快であった。緊迫がとけたためであるが、そのための混迷もあった。ふたたび水にはいって泳ぐと、股間に不安定な感じがあった。不安定でありながら、妖しいものが感じられた。そのようなとき、少年たちは岸を眺めた。桜並木を通るまばらな人影のなかに、セーラー服の少女や、若い女性のパラソルを求めたのである。

水泳が終わると、夕方の練習があった。

「それ、水浴びしてきたら、なまってしもうたごつ。そげんへっぴり腰でどげんするか」

坂元が竹刀を持って選手の間を回った。合宿は二週間であるが、朝一回、午後二回、通算六時間の練習を毎日つづけると、朝起きるとき、四肢の関節が鳴った。筋肉が疼痛を訴える。合宿のときには、高専に行っている先輩のほか、警察や鉄道局から多くの高段者が雇われて来る。

「それ、盛田、どうした、起きんか」

二十三貫という中年の警察官の袈裟固めで押さえられた、盛田の尻に竹刀が当たった。夏の合宿では、襟が汗に光り、握ると指の間から汗がにじみ出た。一週間を過ぎると関節や筋肉の痛みはうすらぎ、汗もあまり出なくなる。自分で考えるよりも早く体が動いたりすることがある。頭でなく筋肉に業を覚えこませるのである。

十日を過ぎると、二時間の練習にもほとんど汗が出なくなる。練習の合い間に壁ぎわに立っていると、顎の下から胸の中央を通り、臍（へそ）の方に汗がゆっくり筋をひいてゆくのが見える。船が通らないのに、水尾だけがあとを引く感じである。冷たい汗である。酷使され、それに慣れた肉の上を、冷たい液体が流れるのである。このころになると、二時間の練習がさして苦痛ではなくなる。二十分間連続けいこをやっても息が切れなくなる。

「よし、だいぶようなったぞ。みんな、けいこをした顔になってきよった」

坂元の頬に笑みがのぼる。

「今年の選手は豆戦艦じゃが、馬力があるからな。秋の大会も優勝せにゃいかんな」

坂元がそういう。巨漢の一人もいない平凡なチームであったが、彼らはこの猛練習にきたえられ、またそれに脱落しない気構えを持っていた。佐分利も盛田も今井も、異常な執念で、この訓練に耐えたのである。練習中は体重が減るが、終わって自宅に帰り、九月登校するころになると、体重がふえている。盛田は四年生の夏に一貫目体重がふえて十八貫になった。

高圧線の鉄塔は三十年前と同じように立っていた。盛田の靴が砂利を踏み、鉄塔が近づいた。塔は小さな低い丘の上に残っていた。古びたペトンの台の上に高さ三十メートルの鉄骨が立っていた。付近の流れは消え、わずかに石の色の変化によって流路の痕跡をとどめるのみであるが、鉄塔の足元の深くえぐられた部分には水が残っていた。水はそれほど濁ってはおらず、半透明の緑の水中では、アオミドロをくぐって蛙が泳いでいた。今井が美しいとびこみの姿勢をみせ、佐分利が腹を打った深い淵が、長径五メートルほどの池となって残っていた。水際には運動靴の片方や、骨だけの洋傘が漂着していた。陽をうけて光るものを発見した盛田はつまみ上げてみた。帽章であった。元洲の元と中学の中を組み合わせたもので、中学校時代のものである。いまは高校であるから、この帽章は不要なのであろう。かつてだれかが卒業のとき流れに棄て、それが淵に沈み、廃川となったいま陽の光を見たものであろうか。盛田は指で金属の表面をこすり、金色の艶を出そうと試みた。かつてこの紋章のために自分を鍛え、この章のために戦い、この章のために勝ったことを誇りとした年月が盛田の胸に甦った。

すると、真夏の夕刻の河原に、鉄塔の頂の電線が風に鳴り、——それは去った、と告げた。川が廃川になったように、青春の戦いの情熱も光と色を失い、いまは盛田の胸の中に、不定形の化石として残存するのみである。帽章をつまんでいた盛田の指がはなれ、章は石の上に落ち、澄んだ響きを発した後、小石のかげの砂のなかになかば身をひそめ、安住の形をとった。

盛田の視野に、赤と白と緑が奇妙に調和したものがはいった。西瓜の皮であった。盛田の舌に甘美なものが甦った。夏の合宿で、昼の練習の後、西瓜が出ることがあった。選手たちは寄宿舎の食堂に集まり、深い掘り抜き井戸でよく冷えた大きな西瓜が台上で切られた。果肉の冷たさが歯に伝わり、甘い果汁がのどを流れ落ちた。少年たちは半月形の一片を両手にかかえて、急速に赤い果肉を噛み、つぎの半月形に移ろうと急いだ。一年下の小林は前歯が反っており、西瓜を食うのが早いので、ダチカキという仇名をもっていた。ダチカキとは、土を掘り起こす熊手型の農具である。三十年たったいま、西瓜の一片に対する盛田の連想は一本の農具であった。

盛田はふたたび砂利のなかの道をたどり、桜並木の岸に着いた。自転車を手で引いたまま校門を通り、職員室の前に出た。松としゅろとさつきを組み合わせた円形の植え込みが昔のままに残り、それぞれに葉の緑を見せていた。自転車を置き、靴をぬぎ、スリッパにはきかえると、盛田は職員室にはいった。左に曲がると校長室があり、その手前に校長応接室がある。夏休みであり、人の気配はなかった。校長室は締まっていたが、応接室はあいていた。優勝旗が二本、隅の方に飾ってあった。近よってみると、サッカーとバドミントンのものであった。

盛田は壁面を見あげた。数十といってよい賞状が額にはいって並んでいた。盛田は物をさがす目つきになった。墓地に入って、親族の墓をさがす目の色に似ていたかも知れない。盛田たちの上級生であった鷲見や馬場たちが京都の武徳殿全国大会で準優勝になった大きな額がみつかった。その両側に春と秋の大会の優勝の賞状があった。盛田はその列に沿って視線を右に移動させた。昭和十一年春の優勝の額が視線にはいり、つづいて東海柔道大会、岐阜専門学校主催大会の優勝の賞状があり、最後に秋の県体育連盟主催柔道大会優勝の額が目にはいった。この年間四回優勝の記録はいまだに破られていないという。賞状にそのときの選手の名前が記されていた。佐分利武弘、盛田修平、今井三郎……と記されている名前を盛田は読んだ。墓石の列のなかから、自分の墓碑をさがしあてた、と盛田は思った。墓碑銘はそこに定着され、盛田の側には回想が残るのみである。

この年、春の大会で、盛田は責任のある立ち場に立たされた。予選リーグ戦では、相手校が弱かったため、彼は六戦全勝し、優秀選手の一人となった。最後の決勝戦の相手は岐阜商業であった。七人の選手のうち、大将が高橋、副将が盛田であった。はじめの五人のうち今井と小林と佐分利が勝ち、後藤が負け、一人が引き分けた。三対一であり、ここで盛田が引き分ければ元中の優勝が決まるのである。盛田の相手は、背は高いが、商業のなかでは四番目ぐらいの実力の選手であった。盛田は負けない自信はあったが、相手が左の変形であるため、攻めにくかった。盛田は腰をひいて時間の経過をはかり、引き分けを狙った。相手は盛田以上に責任を感じているのであろう。大外刈り、内股と大業を連発してかけてきたが、つくりが十分でないため、いずれも盛田の厚い腰にうけとめられた。呼吸が激しく、口から泡をふいているのが盛田にもわかった。腰を引いている盛田に対して主審の大林六段は肩を叩いて言った。

「君は戦う意志はあるのか」

盛田は大きな声で反発した。

「あります！」

つづいて、相手は脚をとばして大外刈りをかけてきた。盛田はこらえておいて、相手が脚を引くときに軽くはねかえした。相手は畳に尻をつき、「業あり」と審判は宣した。立ち上がると相手の攻撃はいっそう激しさを増した。

「死んでもいいから攻めろ」

相手の応援席では、羽織袴の教師が声をかけた。相手は必死の勢いというものをしめした。気力は体力を圧倒し得る、という精神主義の論理が適用されようとしていた。しかし、勝負は当日だけ必死になれば勝てるというような単純なものではない。スピリットも必要であるが、より多く技術や修練によるところが大きいのであり、ときには気力すらも、修練によって生ずるという現象が示される。残りの三分間、盛田は相手の攻撃を防いだ。合宿練習の強烈な鍛練がそれだけの力をあたえていた。試合終了の鐘が鳴ると、相手は畳の上に伏したまま、しばらくその姿勢をつづけた。これで相手校の負けが確定したのである。元洲の応援席は歓声に湧いた。三年ぶりの優勝である。しかも、大型の選手の力によるものではなく、小さな選手団のストイックな自己鍛練による制勝であった。

優勝額の前で、盛田はそのような勝負のようすを回想しながら、――それは自分にとって何事であったか、と問いかける自分を見出していた。柔道に優勝し、陸海軍の学校にはいることが少年時代の盛田や佐分利の念願であった。そして二人はそれを果たした。しかし、念願の達成ということは、どういうことであったのか。つまり、少年時代に念願を果たしたということが、成人した彼にとって、まさしく、それはなにほどのことであるのか——。

盛田は優勝の賞状の列を仰ぎながら、ふたたび墓碑銘を連想した。このなかの多くが戦場に消えているのであり、その名前はまさしく、それぞれの墓碑に刻まれているに違いない。そして生き残った盛田にとっても、ここにある自分の名前は墓碑銘にふさわしく思われるのだ。もし、武道の大会に優勝したことが、後年その意味を失い、賞状が墓標のかわりをつとめるならば、あのストイックな修練や、限界を越えた努力は、徒労ではなかったのか。

盛田は応接室の窓から外を見た。うすく埃をかむったしゅろの植え込みが西陽を浴びていた。盛田のアルバムには、いまでもこの植え込みを背景にとった写真が残っている。柔道着をつけた選手たちが、四本の優勝旗を、手にしている。中央に校長と坂元部長がいた。佐分利が春の、盛田が秋の優勝旗を握っていた。喜びは単純なものほど高まるというが、当たっているかも知れない。この撮影のあと、優勝記念会があり、盛田たちは柔道場で一袋二十銭の菓子袋を前にサイダーを飲んだ。五年間に近い訓練の後、優勝に対する報奨はそれだけであったが、それで盛田たちは満足であった。

いま盛田は窓の外の斜めになった光線を見ながら考える。あのあと幾人の生徒がこの植え込みの前で記念写真をとったかわからないが、そのうちの何人かが戦争で死んだことは間違いなかろう。そしてそのうちの幾人が、死ぬ間際に、母校の校庭のしゅろの植え込みを想起したであろうか……。

そのとき、男の声があり、背後から盛田の回想を中断した。

「どなたですか」

宿直の職員らしい白シャツの男がはいってきた。盛田はゆっくりふり向いた。光線を背後にした彼の顔を、相手は識別しようとして努力した。

「十三回の盛田さんではありませんか」

「ああ……」

と盛田は呻くように答えた。相手が後輩であることを覚ったためか、それとも自分の名前を知られたためかはわからなかった。

「わたくし、十七回の棚瀬です。ほら、秋の運動会で、親子競走であなたに背負って走ってもらった……」

男は近より、盛田は相手が自分より、さらに背が低いのを知った。

「いやあ、なつかしいですなあ。いや、わたくしはあなたのことはよく覚えております。あなたは英雄でしたからな。四本の優勝旗、模擬試験は一番、海兵合格、そして……」

そこで、男は声を少し落として言った。

「ソロモンにおける戦死。山本長官といっしょだったそうですな」

そこで、男は少し余計なことを言ったと考えたらしく、

「いや、私はあなたを崇拝していました」

と言った。

盛田は相手を思い出した。親子競走というのは、秋の運動会の競技の一つである。背中に背負うのは、なるべく軽い生徒がよい。五年生の盛田は、一年生のなかで一番小さい棚瀬を選んだ。盛田はかなりの脚力があり、このときはスタートも早く一等になった。盛田は忘れていたが、背負われた棚瀬は記憶していたのであろう。

「いやあ、わたくしなどは、母校の教師がやっとですよ。とても盛田さんのように、母校を代表するような人物にはなれませんで……」

「校内を歩いていいですか」

と盛田は訊いた。

「どうぞ、どうぞ……。いま、補習教育の採点をしていますので……。ご案内の必要もありませんな」

そこで盛田は後輩の教師と別れて生徒控え室にはいった。朝礼の行なわれた広い部屋であり、雨天体操場でもあった。柔道場は体育館に建てかえられるそうであるが、こちらはそのような話もないらしい。黒ずんだ板張りの上を盛田は歩いた。窓に近より、運動場を眺め、反対側の窓から二階建ての校舎を眺めた。古びた羽目板に傷があった。

登校した盛田たちは朝礼がはじまる前、控え室の隅にすわり、壁によりかかって受験の参考書に目を通した。窓と窓との間に壁があり、そこに告知板があった。盛田が四年生の終わりに校内模擬試験で一番になったとき、この壁に順位が張り出された。四年生の秋、盲腸炎を病み、年末の海兵の試験で第一日にふるい落とされた盛田は、発奮して手術のための入院中も参考書に親しんだ。二月の終わりには、四年生以上の希望者に対して入試の模擬試験が行なわれる。苦手の数学に知っている問題が多く出たので、英語と国漢を実力相応にこなした盛田は結果が出てみると一番であった。担任の教師が首をひねった。

「模擬試験で一番になれるものが、海兵の第一日で落ちるのはおかしい」

　すると坂元が言った。

「盛田は盲腸のあと、それほど柔道の練習をやっとらんけえな。なに、柔道部の連中は、ちょっとやる気を出せば、こんなもんたい」

　それから約一年をへた昭和十二年の二月十一日、紀元節の式を終わって、しばらく生徒たちは控え室で騒いでいた。五年生は卒業間近であり、少女の集まりのように、はなやいだ気分が彼らのなかにあった。

　数人が固まって語りあっていると、一人がもう一人の背中を押して猛然とそのかたまりに突入した。集会はくずれ、何人かが叫び、何人かが笑い声をあげた。盛田もその例にもれず、今井の背中を押して一つのグループにつきかけた。騒ぎがおさまったとき、別のところから小さな喚声があがった。小使が小さな黒板をもって職員室の方から歩いてきた。その後ろから坂元と教頭がモーニング姿でつづいた。小使は壁面の高いところにその小黒板をかけた。

「海兵合格、盛田修平」と白墨で書いてあった。ふたたび喚声が湧いた。数人が寄って盛田を胴上げしようとした。盛田は抵抗し、重量のある彼を、級友たちは宙に投げることができなかった。騒ぎがおさまると、盛田は佐分利の方を見た。佐分利は近よると、やや目を伏せながら、「よかったな」と言った。

「うむ、お前のところにも来るさ」

「うん、おれんところは遠いからな」

この合格の通知は、盛田の自宅に海軍から電報がはいり、それを父が学校に電話で知らせたものであった。山間部にある佐分利の家には電報の着くのが遅いと思われた。数学の得意な佐分利が、自分より成績が悪いとは、思われなかったが、別の意味で盛田は懸念をもち、佐分利に同情を感じた。佐分利の父は素行がおさまらず、母と別れて他国におり、母はすでに再婚している。それが受験の審査に響くことを佐分利はおそれていたはずである。それがどのようなことを意味するのか、盛田にはよくわからなかったが、海軍を志願する者にとって不利なことは了解できた。佐分利がもし不合格になっても、それは彼ができなかったためではない。家の事情なのだ。盛田はそう考えようとし、それが、四年生のとき盲腸炎で寝ていた自分を見舞ってくれた、佐分利への返礼でもあると考えた。

生徒たちは、しばらく控え室で騒いでいた。しかし、黒板をかついだ小使はふたたび現われなかった。佐分利は姿を消し、藤原が盛田の前に現われた。

「盛田、お前、えらいな」

と彼は言った。

「あんなに柔道の練習をしていて、よく勉強するひまがあったな」

と言った。

「お前、×高を受けるといっていたな」

と盛田は言った。藤原は受験補習に出ているはずであった。盛田たちが柔道の練習をしている時間に、教師について受験用の勉強をするのである。

「いや、おれはどこも受けんことにしたのや。おれんち、親父が死んだやろう。中学だけがやっとこせでな。陸士か海兵なら官費やでええが、腕が利かんで……」

彼は萎(な)えた左腕に目をやった。垂れ下がり、服の上からも細さがわかった。盛田は、藤原に同情していない自分を感じた。このように国家重大のときに片腕が利かんようでは、奉公はおぼつかないのではないか、と考えたのである。

「中学でやめて、どこぞええ口でもあるのか」

「まあ、役場の書記か、信用組合ぐらいやな」

藤原はそう答えた。羨望と同時に憎しみを含んだまなざしで彼は盛田を眺め、その視線を壁面の黒板に移した。

何日か後、陸士合格者の発表があった。級長の一人である稲沢が合格した。佐分利の名前を書いた黒板は上がらなかった。翌日の昼休み、佐分利は盛田と稲沢をとらえると言った。

「おい、おれは一高を受けるぞ。陸士や海兵だけが国家に報いる道ではない。昨夜、親父と相談したんや。一高から東京帝大にはいって、在学中に高文をとれば、卒業してすぐ高等官だ。三年プラス三年で六年かかる。海兵は四年で、候補生が一年だから、こちらは五年で少尉任官で、一年早いが、おれは外務省か司法省にはいるから、お前が中尉か大尉のころには、おれは大使館の参事官か検事になっている。それから政治家になり、日本の国を建てなおすのだ。どうだ」

佐分利にそういわれると、盛田は一高帝大コースの方が出世が早いような気がした。しかし、中流以下のサラリーマンの家を考えると、帝大までの学資が難しいような気もした。そのとき今井が訊いた。

「一高の競争率はどのくらいだ?」

佐分利は少したじろぎながら答えた。

「去年は十七、八倍というところかな」

「なんだ、海兵は五十三倍だぞ」

今井にそういわれると、佐分利は唇をひきしめたあと言った。

「しかし、陸士や海兵は受験日が早いから、有象無象の冷やかしが多い。そこへ行くと一高は他の官立高校と期日が同じだから、自信のある人間しか受けに来んのや。したがって一高の方が難しいということになるのやぞ」

そこに他の生徒も加わって、一高と海兵とどちらが難関かという論議になった。盛田は輪の外からそれを眺め、自分がささやかな余裕のなかにひたっているのを感じた。軍人の職務は戦うことであるが、任官は五年先のことであり、戦場における生命の危険は、まだ具体的なものとして形づくられてはいなかったのである。

卒業式で佐分利は答辞を読み、盛田は卒業証書をうけとる役をつとめた。三月下旬からは在校生も春休みとなった。海兵の入校は四月一日であり、盛田は最後の合宿練習の応援に中学に出かけ、道場で柔道着に着かえた。そこへ佐分利が姿を現わした。

「おい、盛田、おれのところへも来たぞ」

彼は一枚の電報を見せた。「リクグンシカンガクコウセイトニホケツサイヨウス」という文字が見えた。

「そうか、よかったな」

盛田は佐分利の肩を叩いた。

「なんや、佐分利さん、ホケツか」

近よった四年生が言った。

「こら、よけいなこといわんで練習せい。来年は四本以上の優勝旗をとってこんと承知せんぞ」

佐分利は柔道着に着かえると、全盛当時にまさるような元気で、下級生を投げつけ、押さえつけた。

二日ほど後、鷲見が姿を現わした。彼は四年生で受験し、雪の深い北国の高等学校の、すでに一年生であった。白線帽をかむった彼は腕に柔道着をさげていた。

「おい、盛田、海兵に受かったそうやな」

彼は柔道着に着かえながら言った。

「うむ、佐分利も陸士に受かったぞ」

「そうか」

道場へ出ると彼は言った。

「いっちょうゆこうか。江田島へでもゆくと、当分けいこもでけんからな」

盛田はうなずくと鷲見と組んだ。鷲見の高校は、高専大会では十位ぐらいの成績であった。立ち業ではそれほどではなかったが、鷲見は寝業が強かった。体も大きく、盛田は追いまわされ、首を絞められ、それをはずすと、三角絞めで肩と首を絞めつけられた。これを解き、盛田が得意の立て四方固めに行ったところで、ひっくりかえされ、二人は休憩した。

「鷲見、あいかわらずやっとるな。おれがゆこう」

こんどは佐分利が挑戦した。東海一といわれた佐分利の体落としで鷲見は膝をつき、寝業にひきこんだ。佐分利は寝業も強かった。体重は鷲見の方があったが、多くの試合で鍛えこんだ佐分利の筋肉は鷲見の業に負けなかった。鷲見は押さえこまれ、やっとはねかえすと、関節をとられ、ついに「参り」を発した。

「どうもいかん、ゆうべ呑みすぎた」

彼は大きく息をした後、頭を振った。

「お前、酒呑むんか」

「うむ、あちらは寒いからな。雪の日に、メッチェンを呼んで来て、コンパをやるんだ。夕ラナベで、どぶろくを呑むんだ。こたえられんぞ」

「そうか」

盛田と佐分利はうらやましそうな顔をした。

「一杯やって遊廓へ行くんだ。×高の生徒はもてるぞ。ただし、試合の前はあかん。試合の前にゆくとヘロヘロになるからな」

鷲見は人生における先輩に自分を擬し、盛田と佐分利は素直にそれを認めた。

昭和十二年四月、盛田は海軍兵学校に入校した。七月七日、七夕の夜に日支事変がはじまった。海軍の訓練は激しかったが、柔道の合宿で鍛えた盛田の筋肉と精神力はよくそれに耐えた。柔道に関しては、同期生のなかでもっとも強い生徒とみなされた。年末、盛田は休暇で郷里に帰り、翌年、元日に母校を訪れた。カーキ色の服をつけた佐分利や稲沢とも会った。拝賀式の後、生徒たちは控え室に集まった。まず佐分利が壇上に登った。

「見よ、大陸の空に戦火は燃えているぞ」

彼は指を窓の方にさした。生徒たちの一部は驚き、一部はしのび笑いをもらした。

「笑うものはだれか！　貴様たちには国家の危急がわからんのか！」

佐分利の編上靴が壇を踏んだ。生徒たちは衝撃をうけ、静粛になった。佐分利は能弁になり、日本のおかれた位置、ソ連の脅威と、先の見えぬ蒋政権の不定見を説いた。五年前、この場所で起こった場面と類似していた。

そのとき、佐分利や盛田は一年生であり、演説をした先輩の陸軍生徒の一人は、すでに上海の戦闘で戦死していた。当然のように佐分利の舌は、いっそう高熱を帯びた。

「諸君の自覚と愛国心に訴え、われわれのあとにつづくことを期待する」と結んで、佐分利は降壇した。つづいて盛田が登壇した。佐分利ほど能弁に語る自信のない盛田は、海国日本の今後の任務を説き、海軍に志願するようにすすめた。その途中、佐分利の話しぶりを思い出し、それを真似しようと考えた。

「このように海国日本青年の責務は重い。しかるに何事か。元中生徒のまなこはたるみ切っておるぞ」

そこで彼は、黒の編上靴で壇を踏んだ。生徒のなかから失笑がもれた。それは明らかに佐分利の真似であり、佐分利より背の低い盛田は、ブルーのジャケット姿も似合わず、その力み方はこっけいに見えたらしい。笑われると盛田はやや興奮し、

「笑いたいものは笑ってよろしい。しかし、国家を思うものはすべからく海防の重要さに目ざめよ」

とつづけた。笑いは止まらなかった。そのとき、

「笑うな、なにがおかしい！」

佐分利が抜刀した。抜刀といっても陸士予科生の彼がつけていたのは、ゴボウ剣と呼ばれる銃剣用の短剣である。しかし、それはよく磨かれ、油で拭われ、中学の教練用のものとは別物のように光っていた。

「いいか。この剣は軍人の魂だ。満州事変で実戦に使われたものだ。中学にあるような歯止

めのしてあるなまくらとは違う。人間の首でも斬れるんだ。よく見ろ、ここに日本精神がある。このように澄み切った心で国家の興隆を念ずるのが、現代青年の責務だ。それを笑うとは何事だ。おかしいやつは前へ出ろ。おれが活を入れてやる」

佐分利は体の大きい五年生の前に、その剣を示した。

「どうだ。まだおかしいか」

「………」

「おかしいか、と聞いているのだ」

「おかしいことあらへん」

「おかしくありません、と言え！」

「……ありません」

「おかしければ笑ってみろ」

「………」

その生徒の頬は血の色を失い、ほかの生徒たちも静かになり、凝然と佐分利の手にある剣の光をみつめた。

「ようし、わかったな、男はわけもなく笑ったり泣いたりするんじゃない。滅私奉公、それを忘れるな」

佐分利は剣をおさめ、盛田はかつて感じたような負い目を感じながら壇を降りた。佐分利は柔道部の主将を勤め、統率の才があった。彼は西郷隆盛を崇拝し、乃木希典に私淑している。盛田の崇拝していたのは東郷平八郎であったが、自分にはそのような衆を率いる才能があるかどうか、疑問に感じはじめていた。

数日間の休暇が終わり、盛田は江田島に帰ることになった。穂積の駅で下りの列車を待っていると、一人の男が階段を登ってきた。盛田の前まで来ると、鳥打ち帽をぬいで彼は言った。

「盛田さん、たのむ。よろしくたのむわ」

背の高いその男は、昔、剣道をやっていた加藤であった。

「おれ、いや、私はこんど徴兵で海軍にとられ、いや合格したんや。そいで、呉の海兵団に入団が決まったんや。あんたは将校やで、なんにしろ、よろしくたのみますわ」

盛田は了解した。二歳年長の加藤は徴兵適齢期であったのだ。農林学校を中退した彼は、自宅で農業に従事していたはずである。

「これ、つまらんもんやけど、とっといて……」

加藤は菓子箱らしい風呂敷包みを差し出した。盛田はこの心理を類推した。軍隊にはいれば、新兵はいじめられる。私刑に耐えかねて逃亡したり、自殺した兵士もいる。加藤は盛田を将校と考え、同郷の将校に贈りものをしておけば、手加減をしてもらえると考えたのであろう。そのとき、列車がホームにはいり、盛田はその包みを押し返した。

「おれはまだ生徒だ。何の権限もないんだ」

しかし、それは加藤には理解されなかったらしい。デッキに上がった盛田に彼はおじぎをした。

「よろしゅうなあ、たのみますで……」

片手に鳥打ち帽を、片手に風呂敷包みをもって、加藤は頭をさげた。当然のことであるが、このとき盛田の頭のなかには数年前の小学校の校庭があった。無断で自転車を使ったというので加藤に頰を殴られている自分がそこにあった。加藤を見返してやろうというのが、柔道に励んだ一つの理由でもあった。しかし、いつの間にかその印象はうすれ、柔道は母校の栄誉のためであり、集団のために身を犠牲にすることを美徳とする思考法を身につけ、それが軍人となることによって、国家のために自己犠牲を行なうコースに進んできたのである。

柔道によって、加藤を征服することはできなかった。しかし、軍人となったいま、加藤は頭を下げ、彼の庇護を乞うているのである。盛田はそこに一つの違和感を感じた。一人の人間について、その精神状態を威服せしめることは困難である。腕力はこのとき、小児的な勝利感をしかもたらさない。しかし、国家の権力というものは強く、国家の権力を背景にすれば、多くのものが、多くの精神がその前に慴伏（しょうふく）したのである。それがこの時代の属性であった。

十一

盛田は控え室を通過し、東に足を進めた。大きな便所があり、左に曲がる渡り廊下があった。渡り廊下は武道場に沿ってつくられ、しばらくゆくと、武道場の入り口があるはずであった。盛田は槌の音や金属のぶつかる音を聞きながら廊下を歩いた。道場の入り口に立って、彼は左右に視線を走らせた。右側が剣道場であり、左側が柔道場であった。柔道場の畳はすでに除去されていた。根太板が露出し、古びた新聞紙やごみの塊が、畳のおかれていた線に沿って残っていた。盛田は根太板の上に進み、新聞紙の一枚をひろってみた。盛田の予測に反して、それは戦前の新聞ではなかった。吉田全権サンフランシスコに到着、というようなみだしのついた地方紙であった。

盛田の聞いたところによると、戦後しばらくは柔剣道の教育は禁じられ、高校の正課として復活したのは講和条約発効のころであるという。それまでは共学の女子高校生の作法室などに使われていたらしい。盛田は道場のふちに歩み、羽目板に手をやった。練習の途中、疲れるとこの羽目板に体をよせて休んだのである。

五人がかりというけいこがあった。普通五人がかりといえば、強い一人が五人の弱者を相手にするのであるが、坂元部長の方式は違っていた。警察などから頼まれた四段、五段の教師五人が上座に並び、生徒の一人が順番にこれにかかってゆくのである。一人に対して五分ぐらいのけいこであるが、三人目ぐらいにはかなり疲れる。四人目になると投げられてもしばらくは立ち上がれない。盛田は三年生のとき、この五人がかりをやらされた。五人目の四段の警察官に押さえられて起き上がれなかった。

「どうした、へばったか」

坂元が来て竹刀で尻を叩いた。しかし、尻の痛みは問題ではなかった。二十分間をこえる連続けいこが、彼の筋肉を萎えさせ、心臓の力は限界に来ていたのである。

「よし、そらこんどは絞めだ」

教師はけさ固めにしたまま、左腕で盛田の首を絞めた。腕がのどぶえにくいこみ、呼吸が抑圧された。絞め業は首の側面から頸動脈を絞めるのが普通である。動脈を圧迫されると脳へゆく血液の補給がとまり、「落ちる」という失神状態に陥る。しかし、正面から気管を押さえつけられると、意識は確かだが呼吸が苦しい。喘ぐ盛田の首を、強力の警察官はさらに絞めつけた。盛田は、笛に似た音を気管から発しながら頑張った。

「いいか、盛田、参ったりしたら承知ばせんぞ」

坂元が竹刀を杖にして立っている姿が、おぼろに見えた。

「そらっ！」

相手はさらに力をこめた。盛田の気管は圧迫によって極度に細くなり、肺に送られる空気が減少した。盛田はそれまで相手の腕を支えていた両腕を下げ、相手の胴の黒帯をつかむと、渾身の力をこめて左に振った。相手は四分の一回転し、盛田のかたわらに移動した。首から腕がはなれ、盛田は通常の意識をとりもどした。

「どげんした。しっかりせんかい。青鬼のごとあったぞ」

坂元が竹刀でこづいた。

「いや、いまの呼吸だよ。どうだ、必死になればうまい手が出るだろう。首ばかり心配していてはだめだ。帯をつかんで、相手を引きつけ、同体になって相手を腹の上にのせながらひっくり返すんだ。これは前に教えたはずだぞ」

教師はそのおさらいをしてみせた。確かにそれは何度も技術として聞かされていた。しかし、実際に自分の筋肉が、必要に迫られてそのように動いたのは、この日がはじめてであった。そのようにして、盛田は失神の一歩手前で、けさ固めを解く業を会得したのである。五人がかりは毎年つづけられた。五人がかりの終わった生徒は、すぐに座って休息することを許されず、立っていることを命じられた。そのとき選手たちはこの羽目板にもたれたのである。

回想のなかにあった盛田のそばに、一人の男が来て声をかけた。

「危ないから外へ出て下さい。いま天井の梁にチェーンをかけているからね」

建築会社のものらしい。ニッカーボッカーに似たズボンに地下足袋をはいていた。盛田はうなずき、ふたたび控え室を通って職員室の玄関に出、靴をはいた。校庭を横切って柔道場の近くに出た。地上に据えつけられたウインチが試運転をはじめていた。道場の屋根に近い梁にチェーンを捲きつけ、ウインチで巻いて引き倒すのである。道場の畳が戸外にピラミッド型に積まれ、その近くに屋根の瓦が積まれていた。盛田たちが憩った青桐の木はすべて伐り倒され、その向こうに瓦を剝がれた道場が毛をむしられた獣のように立っていた。熱気を帯びた夏の夕陽を浴びながら、これは寒々とした姿に見えた。

盛田は畳に近づき手をふれてみた。当然のことであるが、それは盛田たちがけいこをしたときの畳ではない。のみならず、一部はズックの畳であった。盛田は藺からできている方の畳を探してケバをむしってみた。最前から一つの疑問が盛田の胸のなかにうずくまっていた。

——徒労であったろうか……。

盛田はそう考えていた。その答えは、まだ出ていなかった。畳の表面、つまり乾燥した植物の繊維の集積をなでながら、盛田はそのことばを否定したがっている自分を感じていた。しかし、柔道の試合と海軍の受験勉強に精魂を傾けた自分の少年時代が、現在の自分にプラスになる何を残しているのか、彼には即答ができかねた。

アメリカの捕虜生活から帰った盛田は、三度就職して三度失敗し、四回目に就職した現在の会社で生活費を得ている。妻は死に、残った子供は来年大学を受験する。一介のサラリーマンであり、平凡な庶民である現在の自分に、とくに不服はない。エゴイスティックではあっても、好運に恵まれることの少ない、他の多くの同胞と同じ道を彼は歩み、いつの世にもこのような人生は多かったのであろう、と自分を歴史のなかの一点においてみる思考法をも身につけはじめている。自分が登っている山はどのような山であり、それがどの程度の高さであるかもおよその見当がつきはじめている。それはひときわ目立つ秀峯ではなく、そのすそに群がる無名峯の一つか、あるいは単なる丘陵の一部に過ぎないと思われる。そのような彼にとって、少年時代のあの激しいエネルギーの燃焼は何ほどのことであるのか。念願どおり柔道の県下大会に優勝し、志願を果たして海軍の士官になったが、それが彼に残しているのは、精神の軌道における痕跡に過ぎないような気がする。柔道も、海軍の服役も、いまの彼に生活的に得をもたらしていないということが理由なのではない。そのように打ち込んだことが徒労ではなかったのか、という疑問が彼には拭い切れないのである。

にもかかわらず、盛田はウインチのきしる音のなかに、ふたたび道場の畳の鳴る音を聞いていた。そして試合場の気合の応酬をも。

盛田のもっとも印象に残っている試合は、昭和十一年秋、体育連盟主催の県下柔道大会であった。この大会に優勝すれば春秋優勝が飾れるので、坂元も力を入れていた。三つのブロックに分かれてリーグ戦が行なわれ、元洲中学と岐阜師範と大垣商業がベストスリーに残った。決勝戦ではまず師範と元中が対戦した。秋の試合は五人制である。元中は副将が盛田、大将が佐分利という正統的なオーダーを組んだ。後藤、小林、今井が勝って勝敗は決した。盛田が負けても元中の勝ちは既定のものであり、このあと商業に勝てば優勝となる。商業は師範よりも実力が下とみられていた。

盛田の相手は、師範でもっとも強いといわれる西村であった。五尺八寸、二十三貫あり、出場選手のなかでは一番体が大きかった。しかし、盛田は動揺を感じなかった。落ち着いて相手と組んだ。相手は焦っていた。一点でもとり返そうというのであろう。左自然体の相手は盛んに内股や払い腰をかけてくる。力はあるが、動きの早くない相手である。盛田は相手の脚の動きを見ながら、業のかかるたびに、重心を反対側に移動することによって防いだ。足が道場の畳を踏み、体がすり足によって動くにつれて、盛田の筋肉は盛田の闘志を要求した。盛田の体が吸いこまれるように自然に、背の高い相手の内ふところにとびこみ、思い切って大きな内股をかけていた。相手の大きな体が一尺以上も宙に浮いた。短い盛田の脚であるが、深くとびこむことによって効果を呼んだのである。

「よしっ！」

「いけ！　盛田！」

応援席から声がかかった。重い相手は盛田にしがみつくことによって巻きこまれることを防いだ。もとの体勢にもどった盛田の頭に小さな考えがひらめいた。

――これが本当のおれの実力なのだ。いつもおれは引き分けによって自軍の勝利を確実にする役に立たされ、このように勝敗が決定してから、ゆっくり戦うチャンスをあたえられたことがなかったのだ……。

すると、別の考えがそれを追った。

――要するに、おれはこのような安全地帯に立たないと、自分の力を発揮することができない人間なのだ……。

そのような想念の屈折にもかかわらず、盛田の体はさらに軽快に動き、腕や脚の筋肉も充実しているようであった。場の中央で相手の動きを見ると、ふたたび内股にいくとみせて、今度は大内刈りをかけた。これは計画したのではなく、体が自然にそう動いたのである。大きな相手は虚を衝かれ、よろめき、ゆっくり後ろ向きに倒れた。盛田の気合がそれにつづき、審判はうなずき、副審と相談し、首をひねった後、「業あり」を宣した。

盛田はさらに相手を攻めた。大きな相手は腰を引いて応援席の方に後退した。追いつめた盛田は大きくとびこんで内股をかけ、巻きこんだ。場外であり、師範の応援席であった。盛田は畳に左手をつき、手首に衝撃があった。立ち上がってみると、左掌の右下、手首との境目の肉が円形に削がれ、白い脂肪が露出していた。師範生の一人が時計をひろいあげた。ガラスが割れ、盛田の肉が文字盤に付着していた。計時係の時計の上に手をついたのである。手首からは出血があり、運営係の一人が救急箱をもってきて、血止め綿というものをつけ、包帯を巻いた。試合時間はまだ二分ほど残っていた。応援席では盛田への声援が湧いた。負傷しながらも母校のために戦う選手、盛田は夢みていた小さなヒーローの座に上ったのである。相手は盛田の血を見て、いっそう戦意を失った。盛田はさらに内股と大内刈りで攻め、時間が経過し、優勢勝ちとなった。礼をして自席にもどると、包帯が濡れていた。

「おい、県立病院に行くんだ。補欠は高橋で十分だ」

坂元が来て盛田をつれ出した。玄関には自動車が待っていた。

「よくやった。あとは商業じゃけん、優勝は間違いない」

坂元は機嫌がよかった。

「しかし、あの西村をよう持ち上げよったな。春は佐分利がやったが、あいつだけはさすがの佐分利もよう投げ切らんじゃったもんな」

柔道着をつけたまま自動車のなかで盛田は考えた。

——おれに、佐分利以上の力があるかどうかはわからない。しかし、あのとき西村と引き分けなければ、味方が負けるということならば、おれは決してあんなに積極的に攻めはしなかったろう。自護体で腰を引いて、時間が終了するのを待ったかも知れない。してみると、おれが自分の持っている力を十分に出し切るのは、自軍が安全な状態におかれたときに限るのであろうか……。

この考えは盛田に寂寥を感じさせた。

病院に着くと、外科の医師は盛田の顔を覚えていた。盲腸の手術のとき立ち会った医師であった。

「ほう、柔道の試合で……。優勝戦でなるほど……」

彼は破顔しながらコッヘルを用い、血を噴いている動脈の血管を結んだ。

試合場に帰ってみると、対商業戦は終わっていた。佐分利が師範の大将を投げ、商業に対しても、五人が勝ったので、決勝リーグでは十戦全勝という、この大会はじまって以来の好成績で元中が優勝した。師範にいる先輩の一人がやってきて言った。

「まったくみんな驚いとるで。どうやしたらこんな小さな選手で、こんな強いチームができるのかいうてな」

それに対して、佐分利や盛田は、勝利者らしく、若干のはにかみを含めて微笑しただけであった。

優勝の表彰式が終わり、選手たちは坂元に引率されて車で北方の町に帰った。

「きょうはビフテキだぞ」

中学の校長応接室には、高野家からビフテキが十人前とどいていた。坂元はビールを呑み、選手たちはナイフとフォークを握った。洋食ははじめての少年が多く、小使が宿直室から包丁をもってきて切り分けてくれた。固い肉であり、味もよくわからなかった。選手たちには興奮が残っており、それが徐々に去り、これが感激というものであろうかと考え、そして目的を果たしたものの空虚をも感じていた。

あのような努力が払われ、それが一片の賞状となり、校長応接室の壁に残っている。このような人間の行為を徒労と呼ぶのであろうか。

畳の山の周辺を歩く盛田に声をかけたものがあった。女の声であった。

「盛田さんではございませんか」

ふり向いた盛田の網膜に見知らぬ女の顔が映っていた。おしろい気のない横顔に、夕照が光をあたえていた。

「私、佐分利の家内でございます」女は言った。

盛田は胸廓を拡張し、大きく息を吸い、女の顔をみつめ、かたわらの長身の青年に視線を移した。

「きょうの会に山口からかけつけて参ったのでございます。列車がおくれまして、高野家さんの入り口で藤原さんにお会いしましたので、多分、中学の柔道場の方であろうと聞かされまして……」

中年の女はそう言った。

　盛田は、青年の顔を見ていた。見上げていたといってもよい。

「申しおくれました。佐分利のむすこの正一郎でございます。——佐分利が最期をとげましたとき、この子がおなかにおりましたので……」

　呼吸を整えた後、盛田は言った。

「そうか、君が佐分利のむすこさんか」

「はあ、母からお名前は聞いています」

「いま、大学？」

「いえ、働いています」

「君は……」

　と口ごもった後、盛田は言った。

「柔道はやるかね」

「やりません、サッカーをやっていました。その方が就職によいので……」

「………」

　盛田はうなずいた。

　柔道場の屋根で叫ぶ声があがった。梁にとりつけたチェーンが、ウインチにつながれたのである。ウインチが巻かれ、チェーンが緊張し、鎖と鎖の間がきしみ、ウインチが悲鳴に似た甲高い音を発した。柔道場は痨を病む老人のようによろめき、斜めにゆがみ、ねじふせられた柔道選手のように、地上に倒れた。投げそこねられて、肩から畳に落ちた形に似ていた。

このように、業でなく力だけでねじるような投げ方をされると、肩の骨を損う(そこな)ことが多い。盛田は自分の肩に痛みを感じた。光線はすでに黄昏(たそがれ)というに近く、その光線の縞のなかで、埃が舞い、潰えた木造建築物を、濁った空気のなかに押しつつんだ。

第二部

殴る

一

おのれを律するあるものを求め、それに堪え、それを超えることによって、おのれと同時に他をも律し得るような存在になりたい。――盛田修平が海軍兵学校を志願したのは、集約すれば、そのような動機によったものであったといってよかろう。

江田島は瀬戸内海の西部にある広島湾の北東部に位置する島であるが、独立した島ではなく、西能美島、東能美島とは飛渡瀬（ひとのせ）という地峡で結ばれている。能美島は戦国時代、水軍で有名であったから、当然江田島にも海賊は屯していたのであり、旧家の土塀にはいまも銃眼の跡が残っている。三つの島はかつては独立した島であったように想像されるが、いまはY

字型に繋がれ、江田島と西能美島によってはさまれた江田内という湾が北西に向かって口をひらき、その延長線に厳島神社がある点に特色を示しているのみである。

氷河時代と呼ばれた洪積世には、瀬戸内海はマンモスが棲んだ陸地であり、江田島の南部には、大河が西流していたと伝えられるが、断層運動や地盤の沈降によって海水が奥地に浸入したもので、今日残っている島は、かつての山岳地帯であり、したがって、現在標高三百七十七メートルの古鷹(ふるたか)山は、かつては広い陸地のなかで、いますこしく高く、そしてほとんど目立たない山であったと想像される。しかし、少なくとも昭和十年代において、古鷹山は、一部の日本人にとって忘れることのできない山になっていたのである。

盛田修平が呉の河原石の桟橋から艀(はしけ)で江田島の小用(こよう)港に渡ったのは、昭和十二年三月三十日のことである。このとき、前方に接近しつつある江田島の中央にわだかまり、松林をいただいていたのが古鷹山である。

生徒倶楽部と呼ばれる民家に一泊して、翌日には、身体検査、そして、四月一日の朝、入校式のため兵学校の門をはいった。赤煉瓦の低い門柱には、勝海舟の筆で海軍兵学校と書いてある。うまい字なのか、下手な字なのか、中学校を卒業したばかりの修平には判断がつきかねる。詰襟の学生服で門柱の間を通るとき、一つの匂いが修平の鼻の先を掠(かす)めた。校庭の桜が蕾を持っていたが、それは植物性のものではなく、鉱物性のものである。さらに分析してみるならば、それは金属の灼ける匂いで、工作の時間にグラインダーで切り出しの刃を研ぐときに、とび散る火花の匂いに似ていた。

第六十八期生徒二百九十八人は、白亜の大講堂の前で記念撮影を終わると、石造りのバス（浴槽）にはいり、出ると、まず白い褌をつけ、つづいてネービーブルーと呼ばれる濃紺の新しい第一種軍装に着かえた。上衣は裾の短いジャケットで、着終わって自習室にもどると短剣があたえられる。ほかの生徒にならって修平も短剣を抜いてみた。真剣と同じく焼き刃がつけてあるが、刃止めがしてあるので、指でさわっても切れない。

「この短剣は缶切りによかよね、こうしてね」

背の高い矢沢という男が剣尖で缶の蓋を切る真似をしてみせた。そのような考え方は、何ものかを瀆すものではないか、修平の頭のなかを、そのような考えが走った。

「ここはこうして栓抜きに使えるもんね」

矢沢は剣帯の止め金の部分で、サイダー瓶の栓を抜く手つきをしてみせた。この男のアクセントには特色があり、これが九州弁と呼ばれるものか、と岐阜県出身の修平は考えた。

午後一時、大講堂の内部に整列し、生徒の代表が宣誓文を読みあげ、校長の長い訓辞を聞き、入校式を終わると、第六十八期生徒は正式に各分隊に配属された。赤煉瓦と木造の二つの生徒館に二十四個分隊がはいっており、一個分隊に四号と呼ばれる一学年は十三人である。修平は二番で入校したといわれる十条や、長身の矢沢たちといっしょに第二分隊に編入された。正面中央玄関の上に金色の菊の紋章をつけた、赤煉瓦の第一生徒館の玄関をはいると、すぐ右が第二分隊の自習室である。

分隊内では一号（四学年）の最先任者（成績の上位の者）を伍長と呼ぶ。伍長は、分隊内の責任者であり、統率者である。二分隊伍長の早浦が校内見学の案内をしてくれたが、途中で嶋之内という伍長補に代わった。伍長補は伍長につぐ先任者である。早浦は色が白く優男に属するが、嶋之内は肩幅が広く髭のそりあとの濃い、青年というよりは一人前の男を思わせる殺気を身に帯びた男であった。彼は何かをひそめながら、それはまだ表面には出さぬという表情で、食堂や、江田内の湾に面した表桟橋や、軍艦旗を掲揚する千代田檣（マスト）を案内し、号音（ラッパ）の覚え方を教えた。

「いいか、食事の号音は、〝兵学校の食事はニンジンにダイコ、たまにはまぜめし、ライスカレー〟というんだ。『課業始め』は〝いやでもかっかれー、また、休ませる〟というふうに覚えるんだ」

このとき真っ先に笑ったのは矢沢である。それは媚びる調子をもっていた。笑わなかったのは、先任者の十条と修平と、それに押川という、矢沢のつぎに背の高い男であった。

「笑うんじゃない。海軍はすべて能率的に事を運ぶ。貴様たちは入校までに合調音語（電信の・―をイトーというふうに合わせて記憶する方法）で電信の符号を覚えて来ただろう。これも合調音語の一つだ。それから、号音はすべてラスト・サウンドで発動する。最後の響きが消えると同時に行動にかかるんだ。重ねて言っておくが、意味もなく笑うんじゃない。にやにやすると緊張がゆるむ。緊張がゆるむと業務は停滞し、事故を生じやすい」

嶋之内は、少ししゃくれた顎をひきながら言った。

自習室にもどると、腰掛けのかけ方、デスク（机）の整頓の仕方などを習い、夕食までは生徒服務綱要、軍人に賜わりたる勅諭の黙読が課せられた。

この長い勅諭を暗記するまでは、外出は許されないと聞かされてきたが、修平には外出したいという気持はなかった。中学校の五年間、柔道の練習と受験勉強に明けくれた彼は、多くの場合に欲望を押さえることに、自分をならして来たのである。

夕食までの間、白い作業服を着た上級生が自習室を出入りする。自習室には入り口が二つあった。前の扉が二、三、四号用で、後ろの扉は一号だけが使用することになっており、ここに絶対支配制の一つのタイプをみることができる。二号か三号か、まだ馴染（なじ）みのない顔の上級生が、後ろの席で座ったり立ったりするが、彼らは四号と距離を保っているように思われる。近い将来に何かがあり、それまでは、狎（な）れた態度はとれぬ、という拒絶の姿勢をみせているように思われた。

午後五時半、夕食のラッパが鳴った。入校を祝して赤飯と小鯛の尾頭つきである。これはここの食事としては上の部に属するものである。

夜になった。午後六時二十五分、分隊全員が自分のデスクの前に立ち「自習始め」のラッパを待つ。六時半、一点鐘という鐘が一つ鳴り、ラッパが鳴った。「いやでもかかれ……」という課業始めと同じメロディーのラッパである。十三人の四号は、ラスト・サウンドとともに、教わったとおりに、まず腰掛けを後ろにひき、つぎに体を斜めによじりながら、デスクの下に膝を運び、両手で腰掛けを前にひくと同時に、腰をおろすのである。

上級生はなれているので、これが三挙動で終わるが、四号は腰掛けた後、座りなおすので床を叩く音がする。伍長の早浦が号令に似た調子で声をかけた。

「四号、やりなおし！　立て！」

立つのも三挙動で立つのである。

「すわれ！」

三挙動で座る。

「立て！」

「すわれ！」

これが繰り返される。となりの四分隊でも、腰掛けの脚が床を擂る音が聞こえる。これは入校と並行して行なわれる既定の行事なのであろう。十回ほど腰掛けを動かす訓練がつづいた後、

「四号は正面に整列！」

と伍長が声をかけた。

十三人の四号は先任者の十条を一番右に、その他は身長順に壁を背にして一列に並び、はみ出した分はコの字型に折れ曲がった。一メートル六十二センチの修平はビリから二番目で、彼より低いのは関野精一という小猿に似た感じの男だけである。四号は緊張していた。矢沢のように九州出身の男は、入校当日の行事についても、何かを聞き知っているのであろうが、海のない岐阜県の中学では、兵学校の合格者は四年ぶりなので、予備知識は皆無である。何

らかの形で処刑が行なわれようとしている。これがそのときの修平の予感である。

伍長の早浦が硬い顔つきで口をひらいた。

「いいか、貴様たちは本日から、本、第二分隊の四号だ。お互いに名前を知らなくては何にもならん。いまから姓名申告を行なう。まず上級生徒が模範を示すからよく聞いておけ」

早浦の言い方は、処刑執行人の言い方に似ていた。柔道の練習をさぼったとき、部長が竹刀を片手に部員を叱るときの表情を修平は思い起こしていた。

「いいか、よく聞いておけ。——第二分隊伍長、剣道係、弓道係、早浦敏彦」

つづいて伍長補の嶋之内が口をひらいた。

「いいか、おれのは少し長いからよく聞いておけ。——第二分隊伍長補、水泳係主任、水泳係、短艇係、相撲係、嶋之内久忠！」

彼は節をつけるように申告し、修平は講談で聞いた戦国時代の武将の、やあやあ遠からんものは音にも聞け……という合戦の名乗りを思い出していた。

「わかったか、矢沢！　復唱してみろ！」

嶋之内は、短剣缶切り説を紹介した男を指名した。矢沢は大きな声で復唱をはじめた。

「第二分隊伍長補、水泳係、短艇係……」

そこで、他の一号が声をかけた。

「水泳係主任が抜けとる」

「足をガタガタふるわせるな」

「いいか、水泳係主任というのは、本校全校の主任なのだ。もう一度言ってみろ」

嶋之内が諭すふうに言った。矢沢は復唱を繰り返し、最後に、

「しまのうち、ひさただ！」

と結んだ。

「待て、貴様、上級生を呼びすてにするか！」

「はっ」

「はっじゃない、はいと言え」

「はい、失礼しました」

「余計なことを言うな」

「やりなおせ！」

八人の一号生徒が口々に叫んだ。この上級生たちは、かつて自分たちがやられたとおりの方法を伝承として施行しているのではないか、という考えが、修平の頭のなかにあった。中学の柔道部では、上級生になると、自分たちが鍛えられたと同じ方法を、下級生の訓練に用いるので、修平にはほぼ見当がついたのである。

矢沢はもう一度はじめからやりなおし、最後に、

「しまのうち、ひさただ殿」

と唱えた。

「だまれ！　殿とは何か」

そのとき、伍長の早浦が言った。

「この機会に、言っておく。われわれ生徒は、海軍兵曹長の下、一等兵曹の上という階級を受けている。今後、上級生徒を呼ぶときには、だれだれ生徒、というように呼ぶのだ」

「さんとか、君などと呼ぶんじゃないぞ」

この調子で一号の名乗りが一巡し、つづいて二号、三号が姓名と係を唱え、四号の番になった。四号は出身の中学校と姓名を申告する。

「東京府立第三中学校……」

先任の十条が細い透きとおるような声でそこまでいうと、一号がいっせいに床を踏み鳴らして叫んだ。

「わからん！」

この最初の床の鳴る音は、修平の下腹に響いた。一号の形相もかなり激しいが、このような床の音に衝撃を受けたのは、修平にとってはじめての経験であった。

十条は声を張りあげて繰り返した。

「東京府立第三中学校出身、十条正文！」

すると、ふたたび、床が響いた。

「聞こえん！」

二回目の床の鳴る音は、もう修平を驚かさなかった。これも新入生を迎える手続きの一つなのだ。それにしても、これだけ大きな声を出しているのに、聞こえないというのは、どういうことなのか。十条のとなりで、矢沢が、くすりと笑った。彼には不思議だったのであろう。

「何がおかしい!」

「矢沢! 一歩前へ出ろ!」

伍長補の嶋之内が、最前列のデスクの前に歩みより、矢沢の前に立った。

「矢沢! おれは昼間言ったはずだ。意味もなく笑うな、と。いいか、ほかの四号もよく聞いておけ。おれたち一号が、いま貴様たちに姓名申告させているのは、猿芝居や遊びじゃないのだ。貴様たちは、これから海でご奉公する海軍将校になるため、訓練を受けるのだ。海は波風が荒い。そこで号令をかけるには、潮風に負けない強い声が必要なのだ。わかったか!」

「はい!」

四号一同は、
と声をそろえた。

「わかったら、矢沢、足をひらけ。女学生じゃないんだ。もっと一杯にひらけ。ようし、そうしたら、歯を喰いしばれ――」

嶋之内は矢沢の前に立つと、

「貴様は女学生のように何でもおかしいらしい。しかし、ここは女学校じゃない。赤煉瓦の監獄といわれた江田島だ。笑うのは死ぬ前に一度笑えばたくさんだ。いまから貴様を笑えないようにしてやる」

　嶋之内は体を右に大きくひねると、その反動を利用して、固めた右の拳で矢沢の左頬を撃った。かなりの強さであったらしく、矢沢は大きくよろめいた。

「ふらふらするんじゃない。元の位置！」

　ふたたびもとの足をひらいた態勢にもどった矢沢の右頬に、嶋之内の左拳が激突した。嶋之内は左利きらしく、今度の一撃は前のそれより強かったらしい。矢沢は二歩ばかり左へよろめくと、床に膝をつき、一呼吸して立ち上がった。嶋之内はこの左拳が自慢らしく、その効果に満足の表情をみせたが、急に不審そうな顔つきになって矢沢の長い顔をみつめた。

「おい、矢沢。貴様、まだおかしいか」

　あとで知ったことであるが、矢沢の歯並びはイスカの嘴（はし）の喰い違いといって、下の歯列が前に出ており、緊張すると、笑った表情に近くなることがある。彼の顔はある石鹼の広告にみるように、中央が凹み、額と顎が突出した貌（かたち）で口が大きく、笑うとサーカスのピエロに似て見え、緊張して唇をひきしめると、ときに、相手を弄（なぶ）っているように見えることがある。

「そうか、これだけ言っても、まだおかしいか」

　それまで儀礼を執行するかたちで、余裕をみせていた嶋之内は本当に怒ったらしい。

「おれは貴様のような四号ははじめてみた。その大胆不敵な度胸はほめるべきかも知らぬが、ここは芝居小屋じゃない。まさしく笑えないようにしてやるぞ」

　嶋之内の右拳がとび、つづいて左拳が風を切った。今度は矢沢は避けたらしく、拳は鼻の頭を掠(かす)めた。

「あ」と矢沢は声をもらし、鼻孔の一つから血が紅い筋を引いてゆっくり流れ出るのを一号たちは認めたらしい。

「矢沢、ハンカチを出して鼻をふいてよろしい」

伍長の声で、矢沢は、ポケットから新しいハンカチを出して鼻をかみ、ついでにつばを吐いた。頬の内側が切れているらしく、つばには血がまじっていた。

「よし、ハンカチをポケットにしまったら、姓名申告!」

嶋之内はそう告げると、自分の席にもどった。

「佐賀県立東肥中学校出身……」

「聞こえん!」

「わからん!」

「ホーヒ中学か、トーヒ中学か!」

一号の声に、二号、三号のなかには笑いをこらえるものもいた。

「矢沢、孝之助」

矢沢は、かまわずに声をはり上げた。矢沢は申告を繰り返し、一号は怒号し、矢沢の声は悲壮なトーンを帯び、最後にはすすりあげるような調子になった。

「泣くんじゃない。矢沢。よし、つぎ!」

矢沢は解放され、つぎの押川に番が回った。

「鹿児島県立鹿児島第一中学校出身、押川兼郎（けんろう）！」

彼の声は朗々としていた。海軍兵学校には鹿児島県出身が多いというから、前もってけいこをして来たのかも知れない。

「よし、押川、貴様の声は活気があってよろしい」

押川は三回でパスした。あとで知ったことであるが、押川は剣道が強く、声の大きいのは地声であった。彼の声はどこにいてもすぐわかり、また正直者で、四号の一年間ズべった（怠けた）ことがなかった。

番は修平のところに回って来た。

「岐阜県立、元洲中学校出身、盛田修平！」

「わからん！」

「モトスか、モースか」

「シューへーかショーへーか」

「貴様は、でかい体をしていて、その程度の声しか出ないのか」

修平は申告を繰り返し、のどの奥に渇きを覚えた。嶋之内が席をはなれて前に出てきた。

「おい、盛田、貴様は柔道三段だったな」

嶋之内は、肉の張った修平の胸のあたりに目をやった。牛の肉づきを調べる屠殺人の目の色を修平は連想した。殴られるのだろうか、それとも、殴ったときの手ごたえを計算しているのだろうか。

り返され、番は最後の関野に回った。

「柔道三段らしい声を出してみろ。まだ出るはずだ」

嶋之内は殴ることはせずに席へひきあげた。修平はわきの下に汗を感じていた。申告が繰り返され、番は最後の関野に回った。

「佐賀県立佐賀中学校出身……」

関野は矢沢と同じ県の中学の出身だった。

「関野精一！」

「わからん！」

「シェキノか、セキノか」

「貴様の名前はシェイイチか、セイイチではないのか」

九州訛(なまり)では、セをシェと発音することが多い。大河内伝次郎の「シェイは丹下、名はシャジェン」といった具合である。一号のなかにも九州出身は多く、彼らは入校のとき、それをとがめられたので、いまその仕返しをしているのであろう。

「シェキノ、シェイイチでは通らんぞ」

「自分の名前が正確に発音できないのか」

「日本人なら日本人らしい発音をしろ」

「やりなおせ」

ずっと後に修平が聞いたことであるが、セをシェと発音するのは、韓国の発音法であるという説があるそうである。

関野は申告を繰り返したが、十数年間しゃべりなれた九州訛が、一夜にして矯正されるわけはない。やがて、一号は繰り返しに倦み、関野も解放された。最初の処刑は予想外に軽かった。これが修平の所感である。矢沢の処理で時間をとりすぎたので、一号たちもなかば倦んだのかも知れぬ。とすれば、矢沢は犠牲者であり功労者であり、修平たちは矢沢に感謝すべきであったかも知れぬ。

四号は席にもどされ、聖訓五ヵ条と、五省の暗記を命じられた。

午後八時五十五分、中央玄関裏の廊下で、信号兵がラッパG（ドレミファのソ）一声を鳴らした。自習終わり五分前である。

「よし、四号、書類を閉じろ。まず聖訓五ヵ条を暗唱してみろ。眼をつむってやるんだ。十条、やってみろ」

伍長の声で十条が暗唱をはじめた。

「ひとつ、軍人ハ忠節ヲ尽クスヲ本分トスベシ、ひとつ、軍人ハ礼儀ヲ正シクスベシ……」

十条は二番で入校しただけあって記憶力もよいようだ。

「よし、つぎは五省だ。関野、やってみろ」

番は一番しんがりにとんだ。しかし、このとき、声をあげたのは、矢沢であった。

「やります、至誠ニ悖（モト）ルナカリシカ……」

彼は十条のつぎは自分だと思いきかせていたので、ただちに暗唱をはじめた。突然指名された関野の方がしばらく口ごもっていた。

「違う。おれは、「関野にやれと言ったはずだ。矢沢ではない」

「伍長、やらせて下さい。できます。言行ニ愧ズルナカリシカ……」

矢沢は懸命である。五省の文句を間違えればまた殴られるので、一晩に何度も殴られては、異様な顔がますます変形してゆくおそれがある。

「矢沢、待て、関野かかれ」

伍長の制止で、関野がはじめた。

「五省！」

「ゴシェイではない。ゴセイといえないのか」

「はい、至誠ニ悖ルナカリシカ」

「それもシシェイではなく、シセイだ」

「関野は朝晩の号令演習で自らを矯正しろ」

やがて、午後九時、自習時間は終わった。

「四号総員、寝室に上がれ！」

階段を二段ずつ駆け登り、寝室のベッドの前に立っていると、三号全員と伍長、伍長補と、谷村という一号が上がってきた。

「いいか、いまから起床動作を行なう。教育主任は谷村生徒だ。海軍のモットーは校長閣下の訓示にもあったとおり、確実、静粛、迅速の三つだ。では、谷村、頼む」

伍長からひきついだのは、どことなくひょうきんな感じのする小柄な一号生徒だった。

「いまから起床動作訓練を行なう。全員が二分三十秒を切ったら、訓練を中止するが、その後も、だらけることがあったら、ただちに復活するから、さよう心得ろ。まず、三号生徒に模範を示してもらう」

そこで谷村はことばを切り、手にした短い棒をあげかけたが、「あ」と小さく叫び、

「それから念のために言っておくが、貴様たちは今日から将校生徒だ。未来のオフィサーは気品をとうとぶ。いくら急いでも、起床動作の途中で、じゃがいもなどを出すんじゃないぞ」

そこで、谷村は向きを変え、

「三号、寝ろ！」

と令した。

十一人の三号は、まず、ベッドの隅に積み重ねられた毛布の上の枕を投げ、三枚の毛布をベッドの上にひろげ、残った毛布を枕元のチェスト（衣服箱）の上に運んだ。ついで自分の上衣とズボンをぬぎ、折り目正しく畳んで残った毛布の上におき、すばやく寝巻を着ると毛布の下にもぐり、毛布を体に巻きつけると、天井を向いたまま、

「望月春夫！」

というように早い順番から姓名申告をする。十一人が終わると、ストップウォッチを手にした伍長補の嶋之内が言った。

「ようし、ただいまの平均時間、一分三十秒だ。四号、よく見ておけ」

つづいて谷村が令した。

「用意、起きろ！」

はね起きた三号は、まず、寝巻をぬいで畳み、靴下、ズボン、上衣をつけ、靴をはくと、残りの毛布をベッドの足元に運び、ついで、いままで使っていた毛布を三つ折りに畳み、残り毛布の上に重ね、その上に枕をのせ、軍帽を右手に持つと、不動の姿勢でつぎつぎに姓名申告を行なった。

「ただいまの平均時間、二分十五秒、三号少し遅いぞ。四号の模範だ。明日からはもっとピッチをあげるぞ」

嶋之内がそう言い、谷村が、

「つぎは四号だ。最初は三号が指導する。ただし、一回限りだぞ。海軍の通達は何でも一回限り、それで覚えるのだ。それで覚えられない人間は陸軍へ行け。いいか、四号、用意、寝ろ！」

修平は、寝るのに号令をかけられたのは初めてである。見覚えたとおり、まず枕を投げ、毛布をひろげる。残りの毛布をチェストの上に運ぶまではできたが、それから先の衣服の畳み方は、三号の前川にいちいち教えてもらわなければならない。上衣を裏返しにして畳んだり、ズボンの腰の部分を顎で押さえ、膝から下の部分を反動で手前に折り、三つ折りに畳むというような業は、不器用な彼には不向きである。どうにか毛布にくるまるころには、

「十条正文！」

と、まず先任者が姓名申告をした。何番目かに、

「盛田修平！」

天井を向いたまま申告すると、遠くで、

「矢沢孝之助！」

という声が聞こえる。

「矢沢、靴下が落ちとるぞ」

「盛田、帽子はどこへ行った」

谷村が点検して回る。しかし、就寝動作はまだよかった。

「用意、起きろ！」

これからの動作は修平にとって、かなりいらだたしいものであった。寝巻を畳み、靴下をはき、ズボンをはくまではよかったが、上衣のホックがなかなかかからない。修平は入校前に柔道の練習をやめてから四キロほど太ったので、服が小さいのだ。カラーも小さく、スタンドという止める道具まで穴がとどかず、一端は襟からはみ出してしまう。もっとも困難なのは、毛布の畳み方である。四号の毛布は新品であるから、分厚く、ケバも多い。畳んでも、こんもりと盛り上がる。三つ折りにした三枚の毛布を、残り毛布の上に重ね、上に枕をのせ、姓名申告をしたが、毛布の堆積は徐々に傾きつつある。

「押川、貴様はズボンを反対にはいているぞ、それで小便ができるか」

「盛田、貴様、毛布のすぐそばでもう一度、姓名申告をしてみろ、大きな声でやれ」

いわれたとおりに、修平は、積み上げられた毛布の近くに寄って姓名申告をした。

「盛田修平！」

すると、毛布の堆積がゆっくりとうつ向き、ベッドの上に倒れ、それぞれの毛布が口をあいた。

「人間の声で倒れるようではいかん。将来は四十サンチ砲の爆風のなかで、戦闘をする貴様たちだぞ。ではつぎ、用意、寝ろ！」

ふたたび、あたりに埃（ほこり）が舞いはじめた。今度は三号が指導してくれないので、スピードも遅く、ぬいだ衣服の折り方もまちまちである。

「これもだめ」

「これも不合格」

谷村は一つ一つ、積んだ衣服を床下にはたき落としながら歩いた。

「用意、起きろ！」

寝巻をぬぎながら、修平は全身に発汗を感じていた。春宵の陽気と、激しい運動と、緊張が混同されて生じた汗である。

四号全員が姓名申告を終わると、嶋之内が言った。

「ただいまの平均時間、四分四十五秒！　いいか、目標は二分三十秒だぞ」

「用意、寝ろ！」

このようにして、巡検ラッパの鳴る九時半まで、起床動作の訓練がつづいた。ラッパが鳴り終わると、当直監事と呼ばれる教官と、週番生徒が回って来る。

「二分隊の四号、整頓が抜群に悪い」

週番の一号生徒は、甲板棒でつぎつぎに衣服の積み重ねをひっくり返してゆく。残ったのは十条と、押川ぐらいのものである。自分の衣服が帽子もろとも床にはたき落とされる音を聞きながら、修平は、自分が喘いでいるのを意識した。彼は魚を連想していた。暗い、光線のとどかぬ深海で、酸素を求めて、あぶくを吐きつづける深海魚の姿が彼の脳裡にあった。

巡検が終わると、三号生徒が枕元に来た。

「いいか、消耗するんじゃないぞ。だれでもはじめは難しいんだ。起床動作などはすぐになれる。元気を出して、早く一人前の将校生徒になるんだぞ」

――これが慰めのことばなのだ。きびしきなかにも情があるというのは、このことだろう。おれも、中学五年生のとき柔道場で一年生を延々と絞ったあげく、同じようなことを言ったおぼえがある。要するに、多くのものは流転し、順送りに繰り返される。これが輪廻というものだろうか。

修平がそう考えていたとき、伍長の声がした。

「四号は起きて、床に落ちた帽子や衣服の始末をしてよろしい」

数名の四号が起き上がり、衣服を畳みなおしはじめた。しばらくして他の四号もそれに習った。修平は、ローマやアフリカの歴史を頭の中に思い浮かべていた。

――おれたちは奴隷に似ている。支配され、使役されている。多分、みじめな姿だろう。

いのだろう。

しかし、おれは、おのれを律するものを求めた。まず、この動作から超えてゆかねばならな

二

翌日は午前八時、参考館講堂に六十八期全員が集合、期指導官の大島少佐の訓話があった。

「六十八という数字は、無破に通ずる。諸君は絶対に破れることのない、強固なクラスの団結を保ちつつ、一日も早く、一人前の将校生徒となり、国家にご奉公できるよう努力してもらいたい」

このような意味の話をふくめて、訓示は一時間ほどつづいた。それが終わると白い木綿の作業服に着かえ、黒のゲートルをつけ、陸戦訓練である。不動の姿勢の目のつけどころからはじまって、敬礼、速足行進など、中学の軍事教訓で習ったものなので目新しいものはない。しかし、その形に対する要求はきわめてきびしい。教員と呼ばれる下士官がついて、不動の姿勢で掌の指の伸びていないものは叩くし、上体の曲がっているものは、背中を打つ。彼らは、上海の特別陸戦隊に勤務し、昭和七年の上海事変で実戦に経験をもつものもあり、海軍の下士官とはいっても、砲術学校で陸戦を専攻した専門家なのである。

駆け足から、横隊行進、縦隊行進などが二時間つづいて、昼食となる。

午後は短艇橈漕（とうそう）である。四号たちは待望の海面に出られるので、喜色を浮かべたが、これ

は純粋な筋肉労働であった。運用科の教員が号笛（ホイッスル）をふき、カッターのおろし方を教える。九メートルのカッターが水面におりたところで、橈漕がはじまる。櫂（オール）は長さ四メートル、釣り合いの関係で、握り手のところに鉛がつめてあるので、かなり重い。櫂を櫂座というふなべりの凹部にのせ、橈漕がはじまる。先端の水かきで、海水をすくうのであるが、海水に対する角度が適当でないため、水かきが沈みすぎたり、あるいは水面をかすめたりする。これはどの生徒にも初の経験であるが、面白いというようなものではなく、教員の叱咤に追われて、長い櫂を懸命にあやつるのである。

途中の休憩のときに、教員が説明する。

「よしかね、生徒。この湾は江田内と呼ばれるが、これは池であって、海ではない。皆は池のなかで笹の葉にじゃれるオタマジャクシのようなものだ。カッターの橈漕は、高さ三メートルの大波でも漕げるようにならなければいけない。いまから教員が模範を示す。よしかね、橈漕の極意は腰にある。腕で漕いではいけない。腰をぐっとひいて、全体重を握り手にかけ、水かきがまだ海中にあるときに、握り手にぶらさがるようにして体を起こす。こうすれば、体は楽で、しかも十分に漕ぐことができる」

教員が深く腰を沈め、櫂にぶらさがるようにして体重をあずけるのをみて、修平は考えた。柔道の釣り込み腰と同じだ。腕の力ではなく、腰椎を軸として、相手の体に円運動をあたえる。これが釣り込み腰の極意である。そこまでは理解ができたが、実際にやってみると、どうしても腕に力がはいり、起き上がるときも、水かきの方が先に海面をはなれてしまうので、腹筋に多大の力を要する。起き上がるのが遅れて、艇座の間に落ちる生徒もいる。

修平は横目でとなりの十条をみた。彼がスムーズに櫂をあやつっているように見えたからである。十条は体が細く、腕力は少ないように見える。彼は櫂に体重をあずけ、起き上がるときも、水かきが海中にある間に、握り手にぶらさがる方法を用いているので、あまり汗も出ていないようである。二番で入校しただけあって、彼は覚えが早い。起床動作も速いし、ほかの生徒館内の慣例ものみこみが早い。それでいて、いつも沈黙をまもり、あまり話をしない。顔は蒼白く、そこに憂いの翳を修平は認めていた。

「十条生徒、覚えが早いな。要領が了解できたかな。では十条生徒、模範！」

教員の声で、十条が十本ばかり漕いでみせた。修平は額から眉のあたりまで汗の粒を感じているのに、十条は汗をかいていない。頭がよいばかりでなく、運動神経も発達しているのである。全国から選ばれただけあって、及びもつかぬ男と出会うものだ。それにしても、どうしてこの男の皮膚は、このように蒼白いのだろう。修平は感嘆と疑念をなかばずつこめて、十条の横顔をみつめた。

カッターは十条一人が漕ぐので、左へ左へと回りはじめている。修平は天を仰いだ。太陽は天心を過ぎて能美島の方に傾き、雲は少なく晴天である。海面に浮かび、一本の櫂の動きによって左に旋回しつつあるカッター、この水面を走る昆虫の姿を胸中に投影することは、修平に一つの安定感をあたえた。

「よろしい、櫂あげ！　十条生徒は体は細いが、教員の言ったことを、よおく理解しとおる。

このように教員のいうとおりにやれば上達は早い。よしかね、教員はウソはいうとらんけにね」

このあと、一時間ばかり橈漕訓練がつづいた。修平は疲労を感じた。柔道においても、彼の方法は、反復練習によって会得するのであって、十条のように説明を聞いただけで要領を知るというタイプにはほど遠いのである。

一分間の休憩があり、矢沢が後ろの方で私語するのが聞こえた。

「おれは江田島にいや気がさしてきたな。江田島にはいったら、短剣をつけて、すぐに軍艦の運転をさしてくれると思っていたのに、午前はオイチニ、午後はボート漕ぎ、これは兵隊のやる仕事だよ。起床動作に鉄拳制裁、おれはきょうも階段のところでやられたよ。もう入校以来、十以上殴られたぞ。早く六十九期がはいって来んかな」

どこの集団でもマイナスの要素によって目立つ存在があるが、矢沢はそれに属するらしい。

翌、四月三日は、神武天皇祭で休日である。午前八時十五分、外出用意のラッパがなり、三号以上はほとんど外出して倶楽部に向かう。ここですき焼きを食ったり寿司を食ったりするのである。酒はない。

四号は十時まで自由時間で、自習室で手紙を書くことを許された。修平は母に宛(あ)てて手紙を書きはじめた。

「拝啓、江田島は予想以上に訓練のきびしいところです。起床動作、カッター訓練など、それによく殴られます。私はまだ殴られていませんが……」

そこまで書いたとき、伍長補の嶋之内がはいって来た。

「いいか、訓練が辛いなどと書くんじゃないぞ。貴様たちの家族はみな心配しておられる。江田島は大変気分のよいところで、一号生徒もやさしく親切で、私は元気で毎日を楽しく暮らしております、と書いて、安心させてあげるんだ」

それを聞いて、修平は最初の手紙を破った。

午前十時、四号全員は、竹の皮につつんだ握り飯を黒の風呂敷にくるみ、古鷹登山に出発した。ただの登山ではなく、教員が指導しての全速登山である。このとき十条の能力は最高に発揮されたかに見えた。身の軽い彼は、たちまち先頭に立った。肥満した修平は後尾であり、そこで、やはり不平を洩らしている矢沢と落ち合った。矢沢は長身のわりに消耗が早いのである。

頂上に着いて、握り飯を食っていると、一人の男が二分隊のグループに割り込んできた。

「おい、第二分隊、貴様たちはこの十条を誇りに思わなければいかんぞ。いいか、こいつはな、おれたちの府立三中で給仕をしていたんだ。職員室でお茶を汲み、黒板を消してまわり、ラグビーのボールをひろい、そして夜は夜学に通った。いいか、夜学で勉強して兵学校に二番ではいったんだぞ。かつての給仕君がいまは、天下の海兵の第二分隊の先任だ。来年はな、こいつは一番だ。同じ条件で勉強すればトップは間違いない。こいつは府立三中全校生徒千三百人の顔と名前をいつも記憶していたという凄い頭の持ち主なんだ」

それだけ饒舌を示すと、左近というその男は松林の方に消えた。修平は十条の方をみた。彼は無表情のまま握り飯に歯の跡をつけていた。修平はたずねた。

「おい、本当か」

「うむ、本当だ。あの左近にはよく殴られた。ラグビーのボールの届け方が遅いといってな」

十条は、呉軍港の水面をゆっくり走る小艦艇に目をやりながらつづけた。

「おれの家は京都で大きな呉服屋をやっていた。昭和六年の満州事変で父が応召し、戦死した。間もなく、母が死に、おれは三人の弟や妹といっしょに、東京の両国で飲食店をやっている伯母のもとにひきとられた。そして、給仕になったんだ。月給は十八円だった。――おれは一高も合格したが、学資がない。外交官になりたかったんだが……。兵学校は官費だからな」

「そうか……」

修平は十条に共感を示した。彼は四人兄弟の長男である。父は運送会社に勤め、月給六十五円、母は病身で入院を繰り返していた。彼は柔道に専念するかたわら、小説を耽読し、小説家になりたいと考えたことがあった。しかし、高校、大学と通う学資のことで、母を悲しませたくない。彼に海兵を志願させた動機の一つはこれだった。しかし、給仕をしながら、二番で海兵にはいる男がいようとは、彼も想像していなかった。彼は畏敬の念をもって、天才的な友人の横顔をみつめた。

「貴様、来年は一番になれよ。貴様は、頭がいいんだからな」

「うむ、盛田、おれに柔道を教えてくれ。おれはあまり運動をするひまがなかったんでな。体を鍛えたいんだ。いずれ戦争がはじまる。おれたちは多分消耗品だ。そのときにものをいうのは体力だからな」

「よし、柔道はおれが教えてやるぞ」

このようにして、第一回の古鷹登山は、長く修平の印象に残るものとなった。

その夜、自習時間がはじまるとすぐ、嶋之内が言った。

「四号、前方に整列！」

壁を背にした四号を前にして、嶋之内は掌を後ろに組み、口をひらいた。

「入校以来、きょうで三日。そろそろ娑婆気も抜けてよいころだ。しかるにだ、本伍長補は、本日、まことに遺憾な事実を発見した。本朝、貴様たちに郷里に手紙を書かせたが、そのなかに、生徒にあるまじき弱音をふいたやつが一人いる。訓練が何だ。殴られるのが何だ。しかるに、その四号は、早くも顎を出して、兵学校に幻滅を感じた。やめたい、と書いておる。幻滅とは何だ。貴様たちは、江田島七十年の歴史を冒瀆するのか。よし、問答無用だ。おれがいままで情けをかけてきたのがよくなかった。全員脚をひらけ、歯を食いしばれ。本日の修正は、不肖、嶋之内が全身全霊をこめて行なう。よくかみしめろ」

嶋之内はまず、十条の前に立った。彼の言葉どおり、その拳には全体力がこめられていた。

拳が内に激突する衝撃音が聞こえ、きゃしゃな十条がよろめき、膝をついた。

「立て、ふらふらするな、まだ終わってはおらんぞ」

拳の配給は一人に二個ずつである。矢沢は一発目によろめき、二発目はとくに念がはいっていたらしく、床に倒れた。

「立て、矢沢！　倒れなくなるまで修正してやるぞ」

このようにして殴打はつづき、嶋之内は修平の前に立った。修平は、嶋之内の眼を見た。屠殺者というより殺戮（さつりく）者に近い眼の色だった。嶋之内の腕が動き、修平の頬に衝撃があった。かなりのものだ、と彼は考えた。重心の低い彼は、脚を十分にひらいていたので、ほとんどよろめかなかった。

「よし、貴様はしっかりしているぞ」

つづいて第二撃が右頬を襲った。左利きの嶋之内の得意の一打である。衝撃は頬の筋肉だけでなく、歯列を震動させ、それが鼻に伝わった。金属の灼ける匂いがした。あの匂いだ。勝海舟筆の海軍兵学校の門柱の間を通るときに感じた匂いが、修平の鼻の先に甦り、それが鼻全体をしびれさせるようだった。それは痛みではなく、一種の陶酔に近かった。

「よし、盛田の態度はよいぞ」

嶋之内は関野の前に立った。小柄な関野は第一撃で倒れ、第二撃で鼻血を出した。

全員の修正を終わると、嶋之内は中央にもどり、重々しい口調で言った。

「まったく、貴様たち四号のだらしなさには、おれはほとほとあきれた。十三人のうち、倒れなかったのは、盛田一人だ。いまから盛田に修正を受ける模範を示させるから、ほかの四号はよく見ておけ。――盛田、ここへ来い」

修平はいわれるままに中央に進出した。

「盛田、脚をひらけ、歯を喰いしばれ！」

嶋之内は大きく身構え、修平はその眼を見た。挑戦的な眼光だった。

――この男も、何ものかを律し、何ものかを超えようとしている……。

そう考え、修平は嶋之内に小さな共感を感じた。

嶋之内の体が反動によって大きく回転し、強烈な一撃が修平の左頬を襲った。

――ここでたじろいではならぬ……。

修平は脚をふんばりながら考えた。拳を避けたいという気持があるから、顔とともに体も逃げる形になるのだ。むしろ拳に対して、頬で反撃を加える形をとれば、よろめくようなことはない。

つづく第二撃は嶋之内の得意の左である。彼はまさしく、全霊をこめて、発止(はっし)とその拳を、修平の右頬に撃ち込んだ。これに対して、修平は、顎を引き、口元を最大限度にひきしめ、直立した頭部をやや右に傾け、嶋之内の拳に反撃をくわえる形でこれに応じた。柔道で鍛えた修平の頰の筋肉は、嶋之内の拳の加速度をはね返す程度の堅さを持続していた。嶋之内の表情には焦燥が見えた。

――よし、おれは勝ったぞ、おれはあるものを超えることができた……。

修平の心に自足の念が湧き、それが頰の痛みを消した。

「よし、盛田の受け方はみごとだ。念のために、もう一度繰り返す！」

嶋之内はふたたび身構え、前と同じく強烈な打撃がくわえられた。頰の筋肉の緊張によってこれに反撃をくわえながら、修平は、自分のなかに一つの疑念が湧いているのを意識していた。

——これは賞なのか罰なのか。なぜ、一人だけ倒れなかったおれが、このように余分に殴られなければならないのか。

彼は舌で頰の内側を探った。肉が切れており、血の味が舌に沁みた。そして、彼は彼なりに一つの結論を導き出した。

——多分、これは不合理のなせる業であろう。戦争というものは、参加者に多くの不合理な努力を強いるものであり、この過分な殴打は、その端緒なのではないか……。

このように考え、その論理に満足がゆかず、戸惑っている間に、ようやく、追加の殴打は終了した。

「よし、盛田、貴様は立派な海軍将校になれるぞ」

拳をおさめた嶋之内は喘いでいた。これも不思議な論理だと修平は考えていた。殴られ方のうまいものが、なぜ立派な海軍将校になれるのか、海軍の本旨は、敵を圧倒殲滅するにあるのではないのか。

結論の出ないうちに、殴打と心理的反発によるこの小さな行為は終了した。

三

この年の七月七日に、支那事変がおこった。戦火は上海にとび、大陸に拡がった。海軍兵学校では一ヵ月の夏休みが通例となっている。

教頭の大佐は、まず、

「今年は前線で戦っている将兵の労苦をしのび、夏休みは全廃する」

と宣したが、しばらくすると、

「本来ならば、全廃であるが、今回はとくに、お上（かみ）の有難いおぼしめしによって、二週間の休暇を賜わることになった。よいか、二週間であるぞ。あだやおろそかに思ってはならぬぞ」

と訓示した。

このようにして八月一日から二週間の休暇が許された。休暇の数日前、矢沢が生徒をやめた。彼は前から軍務に不適との理由で退校を申し出ていたが、ある一号に殴られたとき、鼓膜が破れたので、これが理由となり、退校が許可された。

「まったく、こんなに理想と現実がかけはなれて、こげん幻滅のとこはなか。おれはやっぱし、高等学校から大学の文科へゆくよ」

そう言い残すと、彼は記念にもらった軍服と短剣を風呂敷に包み、郷里から送ってもらった和服に着かえ、一人だけ、赤煉瓦に勝海舟の筆跡のある校門から姿を消した。

——ここでは、素朴に感情を表出する人間は淘汰されてゆくのだ、矢沢のように……。

その後ろ姿をみながら修平はそう考えた。

休暇の前日、七月三十一日は、午後作業ナシ、自由時間、となり、生徒たちは、トランクの荷造りや、酒保にみやげものを買いにゆくのに忙しかった。

修平も酒保で江田島羊羹を十本と、大福餅、絵葉書、風呂敷、大講堂の模型などを買いこみ、自習室をのぞくと、十条が一人で本を読んでいた。のぞいてみると、カントの『純粋理性批判』だった。

「貴様、そんな本を読むのか」

「うむ、やっと自習室の指定がもらえたのだ」

「貴様、もうトランクはつめたのか」

「うむ、終わった」

「みやげは買ったのか」

「いや……」

「どうしてだ」

「金がないのだ」

「しかし、毎月の生徒手当があるだろう」

生徒は衣服が官給のほか、毎月四円五十銭の手当が支給される。

「あれは、家に送ってある。おれが海軍にはいってから、おれの月給が家にはいらないからな。おれは妹を女学校にあげてやりたいんだ」

「そうか」

金を貸してやろうか、と言いかけて、修平はやめた。彼は毎月十円ずつ父から送ってもらっているので、余裕がある。しかし、十条も、何ものかによって自分を律し、それを超えることによって、他を律しようと考えているのかも知れない。

その夜、修平は夢を見た。七十一期生徒が四号として入校した夜の情景がリアルに展開される。一号である修平は甲板棒を持って四号の前に立った。

「いいか、入校以来すでに一週間。しかるに、貴様らはいまだに娑婆気満々！　いまから徹底的に修正してやるから、脚をひらけ」

修平はある四号の前に立った。その四号の顔を見て修平は怯（おび）えた。表情を失い、光は放っているが、その奥には何ものも認められない瞳、それは死者の眼であり、その顔はまさしく修平のそれであった。

鋼の灼ける匂いで修平は目をさました。

あたりは蒸し暑く静かで、数十の寝息がかもし出す不協和音だけが室内を領していた。

潮の匂い

一

昭和十二年八月一日、暑熱のなかに、瀬戸内海の夏の太陽が、大講堂の屋根に昇った。

この朝、江田島の空気はいつもとは異なっていた。生徒にはこの日から二週間、夏季休暇が許されるのであるが、彼らの表情はかならずしも喜びに満ちてはいなかった。

七月七日夜、北京西南郊の芦溝橋で、日本軍と支那軍の衝突が起こり、陸軍の一部で叫ばれた不拡大方針にもかかわらず、戦火は北京周辺に拡大されつつあった。七月十一日、近衛首相は、この事件を北支事変と呼称すると発表した。七月二十九日、日本軍は、北京、天津、およびその周辺の要地を占領した。

午前九時、広瀬中佐や秋山真之(さねゆき)が学んだという赤煉瓦の生徒館の前に、白の第二種軍装で整列した、八百余名の生徒に対し、教頭の小栗大佐は前にも述べた訓示を繰り返した。

「よいか、よろしいか。ただいま、皇軍は北において、支那軍と戦闘を続行しておる。諸君らの先輩が、大陸で血を流しておられるのであるぞ。お前たち生徒がのうのうと休暇をとっていられる時期ではない。しかし、しかしながら、有難くもかしこくも、お上(かみ)におかせられては、将来ある生徒たちが、家族との別離を惜しむ時間をあたえられるよう、格別のおぼしめしをもって、二週間の休暇を賜わったのである。まことにこれ、皇恩の無窮、御威徳の深遠、有難き極みである。お前たちも、よおくお上の意のあるところを体し、国恩の深きに思いを致し、いったん緩急あるときは、身をもってこれに奉ずるの覚悟を堅く定めておかねばならぬぞ。もしも、戦火急速に拡大し、諸子が皇軍の一翼として御奉公の必要を迫られたときには、ただちに電報をもって呼びよせるから、その際には、一切をなげうって、この江田島に帰投するように。故郷に恋々として、軍人の体面を汚すがごとき行為は、断じて許されんのであるぞ。休暇中は、飲食、生水などによおく留意をするように。暴飲暴食に溺れて、身体を損ない、いざ戦闘という折に、健康上の理由から御奉公が相かなわぬようでは、これまた、大の不忠者であるぞ。これを心の奥底に、ふかあく、刻みこんで、出発するべきなのであるぞ」

　聞いている四号生徒の盛田修平は、汗が左の手首から掌の外側を伝い、軍帽の庇(ひさし)に流れ、さらに、金モールの錨の帽章のわきから、白い帽日覆(ひおお)いを濡らすのを意識した。

　つづいて一号の週番生徒より、小用――河原石間の輸送用舟艇の運航などについて注意があった。最後に週番生徒は声を張りあげて言った。

「このさい、とくに四号に言っておく。貴様たちは、わずか四ヵ月たりとも江田島教育を受けた、立派な将校生徒である。貴様たちは帝国海軍において、海軍兵曹長の下、一等兵曹の上という立派な階級を受けておる。娑婆へ出ても敬礼を忘れるな。上級者には正しく敬礼し、下級者が欠礼した場合は、容赦なくとりしまれ。つぎにもう一つ言っておく。休暇は十四日間。ただし、帰校時刻は八月十四日午後一時、これを一分一秒たりとも遅延することは許されぬ。昔から、出港時刻に遅れたら、その兵は死刑になるというのが海軍のならわしである。生徒といえども、海軍軍人の埒外ではない。絶対に、帰校時刻に遅れるな。八月十四日午後一時には、この生徒館全体が出港するものだと思え。これを肝に銘じておけ！」

それが終わると、当直監事の少佐が、

「信号兵、外出に進め！」

と令した。

ラッパが鳴り、生徒隊は一号生徒から四列縦隊で校門を目ざした。いつもの課業始めと同じ行進であるが、右手にそれぞれトランクを握っているところが異なる。すでにそのトランクには、その容積に相当する娑婆気がつめこまれているのである。

生徒の歩度は早められ、大講堂の横を過ぎると、先頭の一号が、

「校門を出たら、順次に解散！　敬礼を忘れるな！」

と叫んだ。

勝海舟筆の海軍兵学校という文字のある校門を出ると、生徒の歩度はいっそう早くなり、隊列は自然に解け、トランクをさげた八百余の青年は、いっせいに呉港に面した小用の桟橋に向かった。左腰にさげた短剣が、そこここに鳴った。

兵学校のある本浦と、小用の間には小さな峠がある。定期バスが走っており、途中の停留所で、一号の十数名がバスに乗った。四号の一部も乗ろうとして走ると、

「四号がバスに乗るとは何ごとか。歩け！」

と、乗り遅れた一号から叱咤された。峠を越える手前で、盛田修平は細野といっしょになった。細野は彼の右となりに席をもつ四号であるが、肺疾患のため、一年留年しているので、四号は二度目である。

――まぁったくなあ、一号を二度やるならまだしも、四号を二度とはなあ……。ヘタすると、おれは同級生に殴られるぞ……。

細野は休みの時間に、こう言って嘆いたことがある。彼は一年浪人して入校しているので、四年修了で合格した中学の同級生は、彼が四号に入ったとき、すでに二号（三学年）である。そして、彼が一年留年したため、向こうはすでに一号生徒なのである。しばらく並んで歩きながら、愚痴を洩らした後、彼はまた鼻を鳴らした。

「まぁったくなあ。富岡のやつ、この間、階段でおれをつかまえて、何度もやりなおしをさせた後、こう言やがったよ。『おい、細野、昔は同級生だったが、いまは一号と四号だ。今後も、びしびし鍛えるぞ。友だちのようになれなれしくすると、容赦はせんぞ』ってな。ま

ぁったく、おれは、秀才ってのは嫌いだよ。情けというものを知らんからな」

そのとき後ろから追いついた体の大きな男が言った。

「おい細野、ぼやくな。そういうときは思い切りおどかしてやるんだ。おれも浪人だ。府立三中三十番以下で海兵に入ったのはおれぐらいのもんだ。四年生のとき級長だった佐伯って野郎は、いま、二号で、二分隊の先任だ。この間、便所で会ったとき、小便をしながらおれはおどかしてやった。『貴様、えらそうな面しやがると、ストライキの話をバラすぞ』ってな。いやな教頭がいて全校ストを決議したとき、あいつだけは登校して勉強していやがった。それにくらべると、十条のやつは立派だったよ。あいつはおれより一年下の夜間部だが、やはりストに同調して、校長室に泥水をぶっかけたからな」

「よくクビにならなかったな」

「あいつは、よく役に立つからな、あいつこそ本物の秀才さ」

すると、細野が言った。

「まぁったくな。十条はえらいよ。おれたちが講堂で居眠りしていても、あいつはちゃんと起きていて、その場で覚えてしまうんだからな」

左近がそれにおしかぶせるように言った。

「あたり前さ。あいつは夜間部だもん。眠いのにはなれているさ」

そのとき、修平は前方を行く十条の姿を見つけた。

「おい、十条！」

声をかけると、彼はふり返って言った。

「急げ！　十時半の急行に間に合わんぞ」

すると細野が言った。

「まぁったくな。休暇のときまで時間を計算しているんだからな。やはり、おれは秀才ってのは嫌いだよ」

そのとき、横に並んだ押川が言った。

「この皆の歩き方を何というか知っているか。帰港速力というんだ。連合艦隊が訓練基地を解散して、各艦が休養のためそれぞれの母港に帰るときは自然に速力が早くなる。そこで『ワレ帰港速力十六ノット』などという旗旒信をかかげて、実際は二十ノットぐらいでわれ先にと母港へ急ぐわけさ」

「貴様、えらいことを知っているな」

修平がやや感心してみせると、細野が種明かしをした。

「なあに、こいつの親父は海軍大佐で巡洋艦の艦長をしているんだ。水雷戦隊の押川大佐といえば、猛訓練で鳴らしたものさ。それにこいつのじいさんは、日露戦争のとき、東郷元帥の近くにいた有名な参謀の一人だからな」

「いや、おれの親父は養子さ。おふくろの父が、伊知地中将だ。親父は一度養子に行って、向こうに男の子が生まれたので、押川家にもどったのだ」

「とにかく、三代にわたる海軍一家だな」

岐阜県出身で、海軍にほとんど先輩をもたない修平が、うらやましそうに言ったころ、短剣のゆれる音を響かせた彼らの集団は、峠を越え、呉軍港の海面が重油の縞（しま）を浮かべ、その上に夏の朝の陽光がきらめいているのが見えはじめた。

二

呉発十時三十五分の大阪行き急行は、白服短剣姿の生徒でほぼ満たされた。修平は十条と向かい合って窓側の席をとり、十条のとなりに左近、修平のとなりには細野が座った。ホームの向かい側には、下関行きの急行が止まっていた。

「おい、関野がいるぞ」

細野が目ざとく見つけた。佐賀県に帰る関野は下りである。関野は号令演習を重ねて佐賀弁をなおすように努力したが、まだ成果は上がっていなかった。姓名申告は、「シェキノ、シェイイチ」であるし、号令演習でも、「接近する敵の一番艦……」は「シェッキンする敵の一番艦」であった。

関野のとなりでは、鹿児島に帰る押川が笑顔をみせていた。

上り大阪行きが先に発車したが、だれも手を振らなかった。そのように娑婆気に満ちた行為が、鉄拳による修正の対象に値することを、四号は四ヵ月間の生徒館生活で体得していたのである。一号は、ここでも警察権と司法権を潜在的に握っていた。

列車は昼ごろ岡山に着いた。ホームでは駅売りが慌ただしく動きはじめた。

「お茶、お茶……」

「お寿司に弁当」

「サンドイッチに鯛飯……」

「岡山名物きび団子……」

「おい、十条、弁当を買って来てくれ」

左近が、なかば命令するように、十銭白銅三枚を十条に渡した。それを見て、修平は軽い怒りを感じた。十条はかつては中学の給仕であったかも知れぬが、いまは同格の兵学校生徒で、しかも、二分隊の先任である。二十三分隊の左近が十条に命令する何の根拠もないはずだ。しかし、十条は金を受けとると、黙って席を立った。

「見てろ、あいつはこういうことは早いぞ」

左近は窓のへりに顎をのせると、興味ありげに言った。窓わくのなかに十条の姿が現われると、すばやく駅売りを呼びとめ、その左掌に金を渡すと、売り子は右掌で弁当をつかみ十条に渡した。

「おい、十条、おれにも弁当を頼む」

細野が声をかけ、ついに修平も、

「おれもだ、十条！」

と声をかけ、ポケットの小銭入れをさぐった。

となりの窓からも声がかかり、結局、十条は七個の折り箱を購入し、それを両手で支えると、その頂点を顎で押さえ、窓口に近よった。修平と細野がそれを受けとり、注文した生徒に分配した。列車は動き出し、十条は席にもどった。左近はすでに弁当のふたをあけて、卵焼きを食っていた。釣り銭をそれぞれの生徒に返すと十条は自分の席にもどった。

「おい、十条、寿司が一つ残っているぞ」

「それはおれのだ」

弁当は三十銭で、のり巻きの寿司は二十銭だった。

生徒たちが弁当を食べ終わったころ、近くの席にいた老人が声をかけた。

「あんた方は江田島の生徒さんかね」

生徒たちはうなずいた。

「そうか。わたしのむすこは陸士を出て、いま、満州にいるが……。今年は陸士は休暇がないという話じゃったが、それではやはり、陸士もあるんかいのう……」

老人は網棚から大きな籠をおろすと、なかの桃を生徒たちにすすめた。

「うちの畑でとれたんじゃ。ちとおくてじゃが、汁が甘いけんのう」

修平はその桃の皮を剝き、かぶりついた。汁は甘く、中学の書取りの試験に出た芳醇という字を思い出させた。透明な果汁は唇を洩れ、あごを伝って白服の膝にしみをつくった。果実には匂いもあった。むせるように強い匂いであった。修平は、ポケットからハンカチをとり出しながら、向かい側の網棚に残っている籠のレッテルに目をやった。「岡山産、極上水蜜桃」と刷ってあった。修平の向かい側では、十条がやはり桃の果実にかみつき、唇のわきから果汁をしたたらせていた。十条は目で笑っていた。果汁の甘いかおりが、反射的に、修平に辛い匂いを想起させた。それは鼻孔の奥に突きぬける潮の匂いであった。水泳訓練のことを考えると、修平は、舌の先に潮の味が甦るのを妨げることができなかった。

六月一日から一週間、考査が行なわれる。要するに学期試験であるが、この成績が、ハンモックナンバーと呼ばれる兵学校の卒業席次に連なるのであるから、それを知っている生徒たちは懸命に勉強した。兵学校の教科は理科系であり、数学の苦手だった修平は、早くもなかばあきらめ、勉学には熱を入れなかった。

二分隊の四号は、わからぬところを十条に聞いた。十条は、異常な記憶力と理解力をもってこれにこたえた。十条が理解していて、いくら説明してみせても、修平や関野にはわからぬ機関の構造などもあった。その十条にも苦手はあり、それが水泳訓練であった。

考査が終わった翌日、訓育と称して兵学校の近くの浜で網曳きが行なわれる。イカ、タコ、メバル、チヌなどが地曳き網にかかる。三号が櫓のついた通船（ちょき舟）を漕ぎ、一号と二号が網をおろす。四号は網の曳き役である。水泳帯と呼ばれるふんどし一本になって、一日に何回も網を曳く。とれた魚のうち上物は教官の家に運ばれ、雑魚はその場で大鍋で煮られる。瀬戸内海の強烈な太陽が丸一日、生徒たちの肌を灼く。とくに色の蒼白い四号は、夕方には腿、肩、鼻の頭などが、ゆでえびのように赤くやけ、入浴のときには、熱さが皮膚にしみる。左近や細野のように、元来、色が黒い男は影響がないが、修平や十条のように、色の白い組は、このあと数日間、シャツを着るのにも、肩がひりひりする痛みに悩まされる。

訓育の翌日から、「天下に冠たる」と一号が形容する水泳訓練がはじまる。

生徒は検定によって、六級から特級までに分けられる。押川のように中学時代水泳の選手であったものは、はじめから二級につけ出される。六級の下に赤帽という組がある。全然泳げない組である。二分隊の四号では、修平と十条と関野が赤帽であった。赤帽は、兵学校の岸壁の南の磯に集められ、まず浮き身の訓練を受ける。訓練の主任は、水泳係の一号、嶋之内生徒で、分隊監事の宮川少佐が立ち会う。浮き身というのは、大の字に四肢を伸ばし、海水の上にうつぶせになる。すると、人体は水面に浮くことになっている。

宮川少佐が訓示をあたえる。

「元来、人間の比重は海水よりも軽い。自然に浮くようにできている。浮いて手足を動かせば、ひとりでに前に進む。水泳は、きわめて科学的で、たやすい、しかも楽しい運動である。いまさらいうまでもなく、諸君は帝国の海軍軍人である。泳ぎができなくては、御奉公ができない。第一、恥である。いまから一ヵ月半の間に、少なくとも、平泳ぎと横泳ぎを修得し、九月終わりの遠泳には、最低六マイル（九キロ）の組に参加してみごと泳ぎきるよう。これがお前たちに課せられた任務である。では、かかれ」

顎をしゃくられた嶋之内は、三人の赤帽の前に立った。彼は特級で、丸い水泳帽に三本の黒線をつけている。

「いまから水泳不能者の特別訓練を行なう。おれのいうとおりに実行すれば、一ヵ月半で六マイルぐらいはわけない。二分隊三号の持田生徒は、入校したとき赤帽だった。しかし、昨年の遠泳では、驚くなかれ、Aクラスの十三マイル組に志願し、みごと完泳しておる。要するに、問題は貴様たちの意気込みひとつだ。ただし、はじめに断わっておくが、女学生の海水浴ではない。思い切り潮水を呑め。そうすれば、体が海水にとけこみ、海と人とが一体になる」

語り終わると、嶋之内はまず浮き身の模範を示した。真昼の海面に、死んだ蛙のようにうつぶせになった嶋之内のやけた体が浮く。

「では、四号、やってみろ」

三人は教わったとおりに、四肢をひらき海面にうつぶせになった。しかし、息が苦しくなり、すぐに頭をあげ、海底に足をつけたくなる。

「頭をあげるんじゃない。体を浮かせ、潮水を呑め」

嶋之内と宮川少佐が、赤い帽子を押さえてまわる。このとき、もっとも苦しんだのは関野である。中学時代剣道に専心し、葉隠れ道場へ通っていた彼は、完全な金槌である。はじめから浮くことをあきらめ、頭を押さえられては潮水を呑み、泣いたような顔をあげては、また頭を押さえられた。十条に蒼白い皮膚が示すとおり、水泳はほとんど経験がない。しかし、彼は理論的に比重の問題を理解したとみえて、どうにか浮いていられるようになった。

修平は柔道の訓練中、二分間以上息をとめる練習をしていたので、水のなかに潜ることにはいくらかの自信があった。ただし、四肢をひらいて水の上にはらばいになると、脚の方から沈んでゆく。このとき、頭を深く水中に突っこめば、相対的に脚部が浮くのであるが、やはり水がこわいため、頭を上げ気味にする。すかさず、頭を押さえられ、息をしようとしては海水を呑むのである。

しばらくようすを見ていた宮川少佐は言った。

「ようし、訓練中止。背の立つところでやるから、真剣に浮き身ができないのだ。いまから沖へ出る」

三人は通船に乗せられ、沖に錨をおろしている廃艦の伊号潜水艦に近づいた。このあたりは、水深が五十メートルを越え、海水も深そうな濃紺色である。潜水艦の舷側には三メートルの跳び込み台が設けられ、Bクラスの押川たちは、ここからとびこんだり、潜水艦の下をもぐって、向こう側に出る訓練をつづけたりしていた。

「赤帽、とびこめ！」

三人の赤帽は、海中にはいり、通船のふなべりに手をかけた。

「ようし、十条は浮き身ができたら、そのままの形でバタ足。盛田は沈んでもしばらくがんばれ、自然に浮いてくる。関野は何としてでも海中で動いておれ、ではいまから五分間、初度訓練を行なう。手をはなせ！」

ストップウォッチを手にした嶋之内が令し、通船は三人から遠ざかった。

三人はそれぞれに、訓練に入った。十条は浮き身を会得したが、バタ足をやると、バランスがくずれ、浮き身をやめるので、体が沈み、海水を呑んだ。修平はあきらめて、沈むままにまかせ、何度も海水を呑んだ。胃のなかが海水で満たされるころ、体は海面に浮き、息を吐くとふたたび体は水面下に沈んだ。関野ははじめからもがいた。両手をふりながら海面を浮沈した。浮き身の訓練ではなく、溺者のあがきに似ていた。泳げないものを海中に投げこんだのであるから、溺(おぼ)れるのは当然である。

「ようし、五分間経過。三人とも、通船につかまってよろしい」

十条と修平の二人は、もがきながら、どうにか通船のふなべりをとらえた。しかし、関野はすでに錯乱していた。もがきあばれるのみで、嶋之内の声が耳に入らない。

「嶋之内、溺者救助！」

宮川少佐がそう令した。

「は！」

嶋之内は、飛び魚の形で海中にとびこむと、クロールで関野に近づいた。百メートル自由形と二百メートル背泳の記録をもっているという彼の泳ぎは力強かった。しかし、関野に近づいても、すぐに助けようとはしなかった。嶋之内を認めて、しがみつこうとする関野をつき放し、その頭を押さえ、海中深く関野を突き沈めた。あとで教わったことであるが、溺者救助には一つのルールがある。水泳操式にはこう書いてある。

「一、溺者ガ未ダモガク余力ヲ残シヰル間ハ、ミダリニ、コレニ近ヅクベカラズ、溺者ニシガミツカレ、救助者モ自由ヲ失ヒ、共ニ生命ヲ失フコトアリ。マヅ、溺者ノ状況ヲ充分観察シ、ソノ余力アルトキハ、幾度モコレヲ海面下ニ没入サセ、完全ニ溺水シ、意識ヲ失ヒタルヲ認メタル後、コレヲ救助スルモノトス。タダシ、溺死ニ到ラザル前ニ、処置ヲ講ズルコト肝要ナリ」

嶋之内は、操式に忠実に、何度も海中に関野を沈めた。泣いたようなしかめ面をしていた関野の小猿に似た顔が海面下に没した。彼の胃袋は定量以上の海水を収納し、意識を失ったまま、彼の体は海面直下を漂流しはじめたのである。それはもはや海兵四号生徒ではなく、海中に投下された一個の物体にすぎない。

わずかに海面に頂点を示している赤い帽子を見て、修平はしゃくりあげた。潮水の辛味が沁みて、鼻孔の奥が痛い。鋼鉄の灼ける匂いが、彼の鼻腔に甦った。これをキナ臭いと形容してよいのであろうか。潮の匂いが鼻と眼を刺激し、修平はふたたびしゃくりあげた。涙が流れた。これが潮の辛さというものか。修平は右腕で涙をぬぐうと、十条を見た。十条は冷然とした表情で、溺れつつある関野の赤帽を凝視していた。

修平は細野のことばを想い起こした。

――秀才は冷たいから嫌いだよ。情けというものを知らないからな……。

それによれば、十条も冷たい人間なのであろうか。しかし、一つのことだけは修平も認めていた。「情」などというものは、この島では通用しないし、そのようなものに頼っていれば、矢沢のように脱落が待っているだけなのである。

嶋之内は立ち泳ぎをしながら、海面に浮遊している関野のようすを見ていた。

「もうよかろう。溺者を運べ」

宮川少佐がそう令した。

嶋之内は、関野に近づくと、左腕をまわして関野の首を裏側から抱え、掌をその顎にあて、右腕と両脚でのし（横泳ぎ）を行ない、溺者を通船に運んだ。

「ようし、溺者をあげて、水を吐かせろ」

十条と修平が、関野を通船にひきあげてみると、関野は白眼をみせ、意識を失っていた。

「いいか、四号見ておれ、このように……」

嶋之内は左膝を直角に曲げてしゃがみ、右膝頭を船底につける形をとり、左膝の上に関野の腹部をのせると、自分の両腕に体重をかけ、背中から関野の腹部を圧した。急行列車が通りぬけるような音とともに、関野の口から海水が流れ出した。

「四号、手伝え」

十条と修平は、関野の背中に掌をあて、力いっぱい押した。関野はさらに水をはいた。人間の胃袋の容量に修平はひそかに驚き、自分の胃のなかに残っているはずの海水に思いを馳(は)せた。

「どうだ、関野……」

嶋之内は、関野の体を裏返しにすると、そのほっぺたを叩いた。関野は命中弾を受けた兎のようにいちど体を痙攣(けいれん)させると、うす眼をあき、いったんそれを閉じたあと、ふたたびひらき、十条や修平を認めると、大きくしゃくりあげ、泣き出した。佐賀っぽで意地っぱりの関野が泣くところを、修平ははじめて見た。生き返ったのが嬉しいのか、それとも醜態を級友に見られたのが恥ずかしいのか、いずれにしても、「武士道トハ死ヌコトト見ツケタリ」という章句を信条とする、葉隠れ塾に通っていた関野としては、不本意な行状であったにちがいない。

嶋之内の膝からおろされた後も、関野は船底に両脚を投げ出したまま座り、頭を深くたれ、何度もしゃくり上げ、鼻水を流し、それをすすりあげた。

「いつまでも泣いているんじゃない、関野……」

嶋之内があぐらをかいたまま言った。

「いいか、三人の赤帽、よく聞け。分隊監事や水泳係主任のおれが、貴様たちをこのように鍛えるのはほかでもない。九月下旬の水泳おさめには、全校の水泳競技が行なわれる。二分隊は昨年の優勝チームであり、今年は水泳主任のおれが、二分隊の水泳係だ。水泳競技の最終日には、分隊水泳が行なわれる。分隊員約四十人の全員が一人五十メートルずつを泳ぎ、その秒時のトータルで勝敗を決するのだ。いいか。一人が欠けてもならん。三人が速く泳いでも、一人が遅ければ結果は同じことだ。分隊水泳の得点は、格段にパーセンテージが高い。例年、分隊水泳に優勝した分隊が水泳競技に優勝することになっている。いいか、九月には、貴様たちも五十メートルをクロールで全力完泳するのだ。全校水泳係主任のおれが責任者になっている二分隊だ。ぜひとも優勝せねばならん。それには一番重荷になっている曳航物の貴様たちを、可及的すみやかに使用できるように鍛えねばならん。わかったか、関野。五分間の浮き身で、溺れて泣くようでは、佐賀男児の名前が泣くぞ。貴様の先輩の桜田生徒は、水泳係副主任で、高とびこみの名手だ。貴様も負けぬように努力しろ」

そのあと、宮川少佐が戦慄すべきことばをつけ加えた。

「四号は水泳競技のあと、全員に十メートルからとびこませるから、泳げるようになったら、とびこみの練習にかからねばならんな」

十条と修平は愕然として潜水艦の方向をみた。潜水艦の跳び込み台は三メートルであるが、それでも、爪先が台を蹴ってから、海面に達するには一秒以上あるように思える。潜水艦のはるかかなたに、岸壁から突出した形で繋留されている巡洋艦「平戸」があった。この前部最上甲板には、すでに高さ十メートルの跳び込み台が設置され、空中を落下する生徒の姿が、遠目にそれらしく視認される。三ヵ月後には、あの上からとび出し、海面に落ちるのであろうか。修平は本能的に恐怖を感じ、潮水の辛さでしゃくり上げるのが、止まってしまった。

「心配することはない。はじめて十メートルをとぶときには、生まれてからいままでの主だった事件が、パノラマのように回想として浮かんで来るというから、楽しみにしておれ。長いようでも、〇・八秒ぐらいだ。おれは小学校五年のときにとんだから、これという想い出もない。貴様たちは、その点、なんらかの回想があるだろう。よし、わかったら休憩終わり。赤帽、浮き身用意！」

嶋之内の声で、三人の赤帽は海中に入った。修平は、十メートルとびこみのけいこという意味をこめて、ふなべりを蹴ってとびこみ、海水で腹を打った。七十六キロの修平に蹴られて、通船は大きく傾いた。

「こら、むやみにとびこむんじゃない」

船上で、よろめきながら、宮川少佐が顔をしかめた。ふたたび、浮き身の訓練がはじまり、三人は思い思いの姿で海水を呑んだ。一時間半の間に十三回という荒行に似た浮き身訓練の結果、三人は呑みこんだ海水の量に比例して上達した。十条は、両手を前に伸ばしてバタ足で前進ができるようになり、修平は、大の字になり死んだようにじっとしていると、やがて体が海面に浮くことを会得した。関野は、四肢を伸ばしたまま浮沈し、やはり海水を呑んだが、浮かんだときに呼吸することを覚え、もう溺れるほどのことはなかった。

「訓練終わり」のラッパが遠い海岸で鳴ったとき、嶋之内が言った。

「どうだ。江田島のやり方は効果的だろう。貴様たちは一日で浮き身を卒業した。海軍は、常にこのように合理的だ。明日はバタ足から平泳ぎ、それから、横泳ぎ、クロール。そして、九月後半には、貴様たちの方が溺者を救助する訓練を受けることになっている。このような効果的、かつ迅速に水泳を教え得る学校は江田島をおいて、世界中、どこの国にもないぞ」

赤帽の三人は、とても信じ切れないが、結局はそのように訓練されてしまうだろう、と考えていた。

夕食のとき、細野が、はす向かいにいる関野に訊いた。

「伍長補に鍛えられたんだってな。おれも去年は赤帽で、ずいぶん潮水を呑まされたよ。まぁったくな。ああ呑まされては泳がないわけにはゆかんもんな」

この日は火曜日で、食卓には「酒保」として羊羹の半片がつけられていた。兵学校では、菓子類のことを酒保と呼ぶ。校門の近くに養浩館という日本式の会場があり、そのとなりに菓子、文房具、日用品を売る店がある。この店も「酒保」であり、酒保で働いている婆婆の若い女性も「酒保」と呼ばれる。酒保には飲食できる食堂が付随し、羊羹、大石餅（大福餅）、うどん、生菓子、せんべい、ミカンの缶詰、ラムネ、エントロピーと呼ばれる豆菓子などを売っていた。

江田島羊羹と呼ばれるこの練り物は、小さな拍子木ほどの大きさがあり、甘味が強かった。修平は一本十五銭のこの羊羹を三本食うと、目頭がかゆくなってくるのであるが、多いものは五本ぐらい食う。従来の兵学校の記録は連続七本であったが、この年に入って、四号の左近がその記録を更新したという噂があった。

七本では多すぎるが、一本の半分では物足りない。その貴重な練り物をかじりながら、十条がやや残酷なことを関野に訊いた。

「おい、貴様、きょう溺れたとき、どんな感じだった？」

関野は羊羹を握ったまま答えた。

「うむ、はじめは海水が青く見えていたが、だんだん黒く見えてきた。息が苦しくなり、そのうちに、あたりが白くなって、おれは白いヨットで、青い水の上に白い泡を立て、猛烈なスピードで走っていた。よか気持じゃった。それを、めったやたらに腹を押す奴がいて、ヨットが消えてしもうた。気がついたら、伍長補の顔がぼんやり見えた。しぇっかく、よか気持で、ヨットで走っていたのにな」

「ふうん、だいぶ潮水呑んだそうじゃが、どうじゃ、その後の酒保の味は……」

押川がそうたずねた。

「甘かよ」

関野は一言だけ答えて、残りを口のなかに入れた。

――休暇が終わると、また水泳訓練がはじまる。今度は水泳競技が近づいているので、いっそう、訓練は激烈をきわめるにちがいない。そして、そのあとに、十メートルのとびこみと、遠泳が待っているのだ。このとき、もっとも鍛えられるのは、赤帽の三人だ。しかし、おれは勝海舟筆の海軍兵学校の門をくぐるとき、「おのれを律するあるものを求め、それに堪え、それを超えることによって、おのれをも、他をも律し得るような人間になりたい」……そう考えたはずだ。堪えて、そして超えなければなるまい。

水蜜桃を食べ終わっても、修平はそのことを考えていた。

三

盛田修平の家は、岐阜市と大垣市の中間に位置する穂積駅の北方約百メートルにある。長良川が近い。家から二百メートル東に歩くと、長良川があり、鉄橋の近くの堤防にのぼると、東方に金華山と岐阜の市街が遠望された。

当然のことであるが、修平の帰省をもっとも喜んでくれたのは、母の糸子である。彼女は、修平の末の妹を産んでから体の具合が悪く、いまはバセドー氏病という眼球のとび出る病気で、寝たり起きたりしていたが、修平の顔を見ると、元気になって、台所に立った。修平は、女学校四年の妹と、中学一年の弟と小学校一年の妹に、江田島羊羹や絵葉書を分けた。母は満州育ちの彼のために、豚饅頭をつくってくれた。

元満鉄社員で、いまは運送会社に勤めている父は、

「どうだ。訓練はきついか」

と訊き、

「もう、うちの人間じゃない。国家に捧げた体だ。休暇中も暴飲暴食をつつしめ」

と言ったきりだった。

修平には母と同じ程度に懐かしい女性があった。穂積町の南方四キロの地点にある墨俣（すのまた）に住む、伯母の竹乃である。小学生のときから、修平はよくこの伯母の家に遊びに行った。ほぼ同年の従姉妹（いとこ）が二人いる。

「そうかね、墨俣へ遊びに行って来なさるかね」

母の糸子は国家の干城のはしくれとなった長男に敬語を使いながら、近所で求めた地卵を一箱土産につつませ、

「オムレツでもつくってもらうとええわ。あの人は料理が上手やで……」

と言った。糸子はモダン好みで、満州にいたころ、人に先がけて、ライスカレー、ビーフ

シチュー、チキンライスなどを手がけた。岐阜県に帰った後、この技術をもっとも早く会得したのが、一夜城趾に近い長良川畔の材木商の妻である伯母の竹乃である。

修平は自転車で、盛夏の暑熱に陽炎を燃やしている県道を、墨俣へ向かって南下した。豊臣橋で犀川を渡ると、おびただしい木材に囲まれた二階家があり、近くに和船を建造する造船台がある。墨俣の盛田家の先祖は舟大工であり、いまも伯父はとま舟やちょき舟の建造に采配をふるう。その伯父がほとんど泳げないので、修平はひそかに安堵を覚えたことがある。

大柄な竹乃は、白の第二種軍装をつけて土間に立った修平を、あがり框の上から見おろすように眺め、

「ほう、お前さんが海軍かなも。ほして、学校へ行っとるそうやけど、いつ水兵さんになれるんじゃなも」

と訊いた。

修平はこの伯母が苦手でもある。小学校のころから休みのたびに遊びに行って、失策をしでかしているので、頭が上がらない。かたわらから、従姉妹の京子が、

「ちがうがな、おっかさん。修平さんは、水兵より上なんよ。兵学校の生徒さんやもん……」

と説明した。

「ほうかな、わっちゃまた、学校出てから武のように、水兵になるんかとばっか思っとったでなんし」

伯母のいう武は、少年のころから盛田材木店に奉公し、海軍を志願した男で、もう下士官になっているはずである。長良川の近くで育った彼は、水泳が早かった。竹乃は、修平が兵学校という学校を卒業してから、武のように水兵になるものと考えていたのである。陸戦隊員として上海事変に参加した武は、新聞にも出て、墨俣町と盛田材木店の誇りでもあった。

「さあ、裸になって、ぶどう棚のそばで涼んでおくんなさい。いま、京子が西瓜を切ってくるで……」

修平はいわれるとおり、軍服をぬいで、下着一つになった。

「ふんどしかな。海軍兵学校いうたら、えれえ古風なものをつけさせるんやなも」

伯母は珍しそうに、修平の褌姿に見入った。

「ああ、暑い。わたしもゆかたに着かえよ」

服下（シュミーズ）姿だった下の従姉妹の鈴代が、修平の見ている前で、服下を頭の上にまくり上げるようにしてぬいだ。あとはズロース一枚で、つるりとした体に、乳房がかなりの盛り上がりを見せていた。

「なんやなも、お客さんの前で……」

「お客さんやないもん。修平さんなんて、私をいじめてばかりいて……。早く戦争に行って死ぬとええんやわ」

「弱ったもんやなも。女学校の三年生にもなって、これやでなんし……」

竹乃が、修平と鈴代を半々に見ながらいうと、

「ああら、姉ちゃんなんか、女学校卒業してても、平気で裏で行水してるがね。いいーっだ」

鈴代は両方に顎を突き出して見せた。

そこへ、京子が大ぶりに切った西瓜を運んで来た。

「なんやね、鈴ちゃん。わっちゃ行水なんかせえへんよ」

「ウソ、ウソ、お風呂は熱いでかなわんいうて、たらいに水汲んで入ったやないの」

「あんなもん、竹やぶのなかやもん、どこからも見えへんがね」

姉妹のやりとりを聞きながら、修平は西瓜を手にした。

「よう冷えとるやろがな。裏の井戸へ、冷やしたんやでなも」

伯母は自分も一片を手にしたが、修平が腿のつけ根を掻いているのを見ると、けげんそうに言った。

「どうしんさったの？　ノミやな。さあ、貸しんさい。つぶしたげるで……」

修平はためらっていた。小学生のころはシャツを洗ってもらい、パンツのノミを取ってもらったが、いまは青年であるし、男のものには一人前の発毛がある。

「ノミやない、タムシや」

岐阜弁でそう答えると、伯母は躊躇せずに言った。

「インキンかなも。だいたい、海軍というところは不潔なところやで。武もな、インキンや水虫やいうて、帰省するたんびに、わっちが、ヌカを煎って塗ってやったもんやが……。ほんでも、下士官になったら、新兵が洗濯をしてくれるもんで、だいぶ楽になったいうて書いて来たぞな。あんたも、早う、下士官になりんさい」

「ちがういうたら……。修ちゃんは、下士官の上なんよ。あと三年もしたら将校さんや」

眉をしかめながら京子は説明した後、

「ほんでもねえ、あたし、がっかりしたことがあるんやわ。海兵の生徒いうたら、女学生のあこがれの的やったもんね。白服に、短剣さげて、スマートで、きりっとした好男子で……。それが修ちゃんがなったら幻滅やわ」

「ほうやわ。白服は白服やけど、あとは、でぶっとして、どだっとして……。大体、海兵の生徒いうたら、映画で見ても、みんな、もっと脚が長うて、すらっとしてるんやもんね」

姉妹は二人で遠慮なく修平をやっつけた。

「相変わらずやな、うちのおむすんたは。まあ、ゆっくりしていきんさい。今夜はライスカレーとオムレツつくったげるで……」

伯母は苦笑しながら座を立った。

修平は黙って西瓜の残り皮を並べる作業をつづけた。

――女に何がわかるか。帝国の国防に任ずる男子の心事は知る者ぞ知る、だ。おのれを律し、おのれを鍛え、有事の際には奉公し、そして散るのみだ……。

そう考えて、その思考法が嶋之内のそれに近づいているのに気づき、頭を上げて、ぶどう棚を見た。

八月六日の午後、小学校の同級会がひらかれた。会場は小学校の二階の裁縫室であった。長良川の支流である糸貫川の堤防を、修平は自転車で漕いだ。途中から田圃へ降り、畦道をゆくと、小学校の手前の庄屋の森が見える。

裁縫用の裁ち板をテーブルがわりに並べた和室に十数名が集まった。

「ほんとはお盆にやれば、関谷も大阪から帰って来れるんやが、こんどは盛田のためにちょっと繰り上げたんや」

幹事役の馬淵がそう説明した。図画、習字、算盤の得意だった関谷は、六年生を一番で卒業し、そのまま大阪へ奉公に行った。彼の父親は馬車曳きで、飲酒癖があった。二番が盛田で、三番の馬淵は高等科を卒業した後、家業の豆腐屋をつぎ、青年団の幹部をしていた。同級会といっても、会費は三十銭で、二十銭の菓子の袋にサイダーが出るだけだった。皆は修平の短剣を珍しがった。六年生のときの担任であった北村という肥満した教師が招かれていた。

「どうや、これで、一番の出世頭は盛田か。高橋はどうや、係長ぐらいにはなれそうか」

「とんでもない、あと十年はかかるがな、先生……」

「すると盛田やな、あと三年もすれば少尉候補生、うまくゆけば、未来の提督やでな」

「先生、関谷もええとこいっとるですよ。あいつは六年から奉公に行っとるやろ。そろばんがどだいでけるで、どえろう旦那のウケがようて、二十五まで辛抱すれば、のれんを分けてもらえるいう話やがなも……」

「ところでどうだ、海軍がもう一人いたはずやが……」

そこへ、当の水野が姿を現わした。セーラー服姿の彼は、第二種軍装の修平を認めると、入り口で敬礼し、

「水野二等水兵、入ります」

と申告した。四番で卒業した彼は、体が一番大きく、昨年、志願兵で海軍に入っていた。

「水野、よく休暇がとれたな」

水野はそれには答えず、後ろを向いて、

「おい時ちゃん、入れよ。恥ずかしがることあらへん」

と声をかけた。修平は軽い動揺を覚えた。

「みなさん、ごめん下さい、ごめんやあす」

頭を下げながら、園部時子が入って来た。ピンクの絞りの手絡（てがら）をかけた桃割れの下に、色白の面長な顔があり、幼いときの面影があった。時子の姉は芸者で、墨俣の検番に出ていた。小学生のころ、時子は修平と似合いだといってはやされたことがあった。時子の家は、修平の家に近い新道という商店街で柳行李を編む仕事をしていた。父親は仕事をせずに酒を呑み、兄が終日柳を編むのであるが、兄弟が多く生活は苦しかった。時子も小学校六年を卒業すると、下地っ子として墨俣の置屋に売られて行った。

「おい、時ちゃん、久方ぶりやないか」

「おい、ここへ座れよ。おまはんの恋しい修平ちゃんのとなりがあいとるがや」

皆にはやされ、時子はややはにかみながら、

「おおきに……」

と修平のとなりに座った。

「おい、盛田、君も将校になったら芸者ぐらいあげて遊ぶんやな。たまには墨俣に行って、園部君でも呼んでやらなあかんぞ。う、いや、いまでは園部君ではなくて、その、何ちゅうたかな」

「時太郎いうんです。どうぞよろしゅう、先生もごひいきに……」

「なにいうてけつかる。教員の安月給で、芸者が呼べるかい」

一座の喧噪のなかで、修平は向かい合わせになった水野二水と話をしていた。

「おい、水野、いま何に乗っとるんや」

「うん、駆逐艦や。行動は極秘やけど、近く上海の方へ行くんで、三日ばかり休暇がもらえたんや。お前と会えてよかったな」

水野は相撲のよい相手だった。

「どうだ、水兵はきついか」

「うむ、海兵団の新兵のときは、どえろう絞られたけどな、いまはつぎの新兵が入ってきたでな、楽や」

「そうか、おれの方は、いま鍛えられとる真っ最中やぞ」

「ええがや、卒業せや士官やで。神様みたいなもんやぞ。月給もええしな」

話している間に、修平は違和感を覚えてきた。級友のすべての話題は銭につながっているのである。戦争がはじまったから鉄工業がいいとか、いまのうちに砂糖を買いこんで菓子屋をやるべきだとか、百姓はやめて、満州へゆけば、一旗あげられる、というような話が大部分である。

修平はとなりの園部時子に話しかけた。

「どうや、君の方も銭の話ばかりか」

時子は大きくうなずいて、

「ほらもう、一番、銭のはげしい、きたない世界やもんね。ほやけど、わたしは、もっと大きな問題をかかえているんやわ」

「もっと大きな……?」

「あとで話すわ」

時子はもたれかかり、軽く修平の肩を押した。匂いが修平の鼻腔に吸いこまれた。これが脂粉の香というものであろうか。少なくとも、江田内の潮の匂いとは質がちがっていた。

会は終わりに近づき、皆は修平にあいさつをせがんだ。軍人が花形の時代であり、修平は小さな英雄であり、自らもそれを意識していた。

「おれは、いま、江田島で猛訓練をうけておる。戦争は大きくなるかも知れん。これがみんなとの最後の別れとなるかも知れへんな。元気でやってくれ」

すると、教師の北村が立ち上がって言った。

「盛田と水野の奮戦を祈って、〝万歳〟を三唱しようやないか」

一同はこれに和した。

散会となり、人影の少ない校庭を自転車を押しながら、水野と話していると、校門のところで、園部時子が追いついた。

「ねえ、修平さん、私を乗せてって。夕方からお座敷があるんやわ。その前に髪結いさんにゆかんならんし、遅くなるとおかあさんにひかられてしまうわ」

修平は止むを得ず、水野に別れを告げ、時子を荷台に乗せると、畦道を漕いだ。ほっそり型の時子は、荷物としてはそれほどの重荷ではなかったが、修平は田畑で働いている農夫の視線をおもんぱかった。時子はかまわず修平の肩をつかみ、腹のまわりに腕を回し、曲がり角では悲鳴をあげた。

糸貫川の堤防に登る坂のところで、時子は降り切り、自転車を後ろから押した。登り切ると彼女は言った。

「ねえ、ちょっと歩かへんかね。話があるんやわ」

「…………」

軽いときめきと、少量の迷惑を感じながら、修平はうなずいた。

「ねえ、うち、近く、一本にされるんよ」

「一本って、なんや」

「一人前の芸者になるんやがね」

「いま一人前やないのか」

「いまは半玉……。半玉の間は桃割れ、一本になったら、島田。それはええのやけど……」

「…………」

大衆雑誌から得た知識で、修平は大体の想像がついたが、黙っていた。時子は思い切った調子で言った。

「一本になったら肉体関係するのよ。いややなあ、うち、あんなおじいちゃん……。そんなかて、いうこときかんとねえちゃんにおこられるし……。わたしのうちは、ぎょうさん、お金借りとるそうやからね」

「…………」

修平は糸貫川の水面を見ていた。陽は西に傾き、二人の影が伸びて、川面の流れに動くものをつくっていた。

「ねえ、あんた、今夜、墨俣へ来て。そして、うちを呼んで……。一本にして。あんたならうち、ええわ」

時子は修平に抱きつき、修平が手を放したので、自転車は修平の方に倒れかかって来た。

「ねえ、あんた、将校さんやろ。将校さんなら、お金もっとりんさるやろ。うちを呼んで、水揚げして。ねえ、今夜……」

時子は、修平の首の後ろに腕を巻きつけると、修平の顔をひきよせ、唇を吸った。女の息の匂いがした。修平の体が横にいざり、自転車が支えを失って地面に倒れ、金属性の音を立てた。唇をはなすと、時子は言った。

「やっぱし、あかんかね。そやわね、将校やかて、童貞やもんね。うちみたいな、田舎芸者と……。身分がちがうもんね、もういまでは……」

「………」

修平は黙って水面をみつめていた。時子は草の上にうずくまり、修平は佇立し、その影が川面に映った。時子の白いうなじに目をやった後、修平は言った。

「ゆこう。後ろに乗れよ。もう遅いぞ」

「………」

時子は動かなかった。背中が拒絶を示していた。

修平は自転車に乗り、ペダルを踏んだ。しばらくゆくと、時子の唇の味が舌の上に甦った。

「ええから行って。わたし、一人で帰るから……。もう会うこともあれへんし……」

「じゃあ、行くぞ」

——あれが娑婆の味というものだろう……。

修平はそう考え、

——男と女の間というものは、意外に簡単なものかも知れんな、とも考えた。

八月十日の午後、修平はふたたび自転車に乗って北へ向かった。自転車のハンドルには柔道着がぶら下がっていた。苗代田橋で糸貫川を越え、生津村を過ぎると、北方という古い町に入る。　町の北郊に糸貫川の上流が広い河原を見せ、その河岸に修平の母校元洲中学校がある。

校庭に面した柔道場の玄関に自転車をおくとき、修平は人の動く気配を感じた。柔道の夏期合宿練習がはじまっているのである。柔道着に着かえてなかに入ると、

「おい、遅いぞ、盛田！」

在校生よりも先に声をかけたのは、陸士へ行っている佐分利だった。主将佐分利、副将盛田を中心とする元洲中学校の柔道部は、昨年、春秋の県下大会に優勝したほか、四本の優勝旗を母校にもたらしていた。

「おい、盛田、少し絞（しぼ）ってやってくれ。こいつら、この春の決勝戦で岐商に負けやがって、ひとつぎゅっと、このように……」

佐分利は、右けさ固めに固めた下級生ののど輪を左腕で絞めつけた。

「先輩、お願いします」

四年生の村山が前に来て礼をした。村山は昨年、三年生で対抗試合に出たただ一人の男である。けいこをしてみると、修平は自分に別の力がそなわっているのを感じた。村山も強くなっているのであるが、修平の方が総合的な動きと力において勝っていた。

――カッターや水泳の猛練習が自分に新たな力を加えてくれるのだろうか……。

修平は自然に左右に動く自分の体の動きを、そのように意識していた。村山は修平とほぼ同じ体重をもっている。得意の右大外刈りにきたのを返し、向こうの右脚首が畳につく前に

大きく足払いを送ると、村山の体は重たげに一回転して畳の上に落ちた。修平はすばやく十字固めで関節をとり、「参った」の合図で、一応とくと、相手の立ち上がりざまを引き込み、後ろから送り襟絞めをほどこした。村山の右頬の汗が、修平の左頬を濡らし、二つの頬がぬるりとすべった。修平の右腕が、赤児をかかえこむように村山の左頸部の奥にまわり、腕の筋肉をひきしめると、村山は呻（うめ）いた。

「どうした村山、そんなことで岐商の木村に勝てるか」

かたわらに立っていた佐分利が叱咤した。

「首を右に回すんだ。去年教えたのを忘れたのか」

教えながら、修平は、さらに右腕の輪を絞った。村山ののどがぜいぜいと鳴り、脚が畳を打つ音が聞こえた。村山は、「参り」を発し、修平は立ち上がると、

「おい、後藤！」

と五年生の主将を呼んだ。

「お前は何を指導しとるんだ。四年生はなっとらんじゃないか。こんなことでは、秋の優勝もおぼつかないぞ」

佐分利も横から言った。

「貴様たちは、おれたちが苦心して勝ちとった優勝旗を、全部返納してしまうつもりなのか」

「くわうるにだ。いまがどういう時代か、貴様たちは知っているか。戦火は満州から大陸に

拡がり、日本の青年はすべて滅私奉公を迫られているときなのだ。そのときにあたって、伝統ある元中柔道部がこんなことでどうするか！　それで先輩に申しわけが立つと思うのか」

修平は右足で畳を踏み、畳のゆれる音を聞きながら、自分が一号生徒の嶋之内になったような気がした。

「ようし、きょうは強力な先輩が二人も来てくれたんや。いまから三十分間連続けいこ。休みなしだぞ。どしどし、先輩にぶつかってゆけ」

様子をみていた柔道部長の坂元が声をかけ、ふたたび喧噪と塵埃が道場を領した。

八月十三日、上海で戦闘がはじまった。陸戦隊と十九路軍が衝突したのである。これが上海事変と呼ばれ、この後、日本は支那全土にわたる広域戦争に足を踏みこんだのである。

十三日の夕刻、修平は岐阜駅から下関行きの夜行列車に乗り込んだ。列車は混んでおり、戦争の話がそこここで聞こえた。立ったままその話を聞きながら、修平は水野のことを思い出していた。

――いまごろは、上海で陸戦隊に加わって、砲火をまじえているのかも知れない。

しかし、別の考えがそれを押しのけた。分隊水泳で五十メートルをクロールで泳ぎきれるか。遠泳と、十メートルのとびこみは大丈夫か。修平は暮れてゆく伊吹の頂上を仰ぎながら、それを考えていた。

潮の匂いとともに、時太郎の唇の味が、彼の舌の先に甦ってきた。

四

八月十四日午前十時、盛田修平は、小用の桟橋に降りた。十条も、細野も同じ内火艇だった。

午後一時、分隊点検のラッパが鳴り、生徒館前で人員点呼があった。帰校遅刻者はなかった。つづいて週番生徒が叫んだ。

「ただいまより、全校内大掃除を行なう。とくに注意しておくが、四号のなかには、たっぷり娑婆気を吸ってきて、まだ夢うつつの者が多い。一号は、とくに念を入れて鍛えるように。まず大掃除で娑婆気を抜け。かかれ！」

通常、大掃除は土曜日の午後一時から行なわれ、これが終わると棒倒しか総短艇のラッパが鳴る。

休暇あけの大掃除は、汗の出が非常によいことを修平は知った。

「ベッド運べ！」

一号の号令で、四号が重量六十キロのベッドを寝室の片すみによせる。二号は窓のガラス拭き、三号は箒で掃く役である。

「三号ホーキ！　四号ソーフ用意！」

三号は箒で床を掃く。二週間分の埃が掃き出される。四号はその間に雑布(ソーフ)をウォスタップ

（洗濯たらい）の水にひたす。雑布は、麻の細い綱を何本も並べてそのはしを縛ったものである。この先を脚でふまえ、反対のはしを握って水を絞る。

「四号、雑布！　並べ！」

ベッドが寄せられて空白になった床の上に四号がしゃがんで並ぶ。

「ソーフ始め！」

まず右脚を前に出し、それにつづいて、両掌に握った二つ折りの雑布を前進させ、そのとき、床の上を拭く。ここまではやさしい。ついで、右脚を前進させ、手元の雑布を裏返しつつ、左脚の方に進める。このとき、腰が高くなり、バランスを崩し、尻もちをつく四号が多い。

「四号、腰が高いぞ。娑婆で何をして来た！」

一号が甲板棒で腰を叩いて回る。修平は柔道の練習で十分腰を割る訓練をしているので、比較的腰を下げたまま前進できるが、背の高い押川や、武道の心得のない十条などは、最初、何度も腰を叩かれた。しかし、運動神経の鋭い十条は、間もなくコツを覚え、軽く前進することになれてきた。

「三号、インサイドマッチ！」

三号はインサイドマッチ（雑巾）でベッドの横板などを拭く。これは楽な仕事で、しかも、掃除終了のとき、インサイドマッチをきれいに洗って干すのは四号の仕事なのである。

「回れ！」

四号は雑布を握ったまま一八〇度回転して、もと来た床の上を拭いて回る。汗が修平の額から目頭を伝い、鼻のわきから顎に流れた。

「回れ！」

修平は回頭し、汗が床の上に落ち、修平の雑布はその汗をもいっしょに拭った。この生徒館は明治二十一年以来といわれ、広瀬中佐も起居したといわれる。五十年の間にすり減った木材の床には凹凸があり、ケバのように木のささくれが突出している。その一片が指先に刺さるのを感じて修平は眉をしかめた。

その夜、自習時間がはじまって間もなく、小銃係の小原が前に立つと言った。片手には小銃を一梃握っていた。

「盛田！　こちらへ出て来い！」

修平はいわれるままに小原の前に立った。

「ハンカチを出せ。遊底覆い（ゆうていおおい）をふいてみろ」

修平は小銃の中央にある半円型の断面をもつ金属の覆いを拭いてみて、どきりとした。赤い錆（さ）びで、ハンカチは染まった。

「盛田！　そのハンカチを四号によく見せろ。いいか、盛田だけではないぞ。本日、大掃除を終わった後、小銃の手入れをした四号は押川だけだ！」

そういえば、二号、三号は黙々と小銃の手入れをしていたようだ。一号は拳銃の射撃訓練をするので、小銃は使用しない。

「四号よく聞け。貴様たちが入校して、小銃を渡されるとき、伍長は何といわれたか。中学校の小銃は菊の御紋を三つ輪で消してある廃銃である。しかし、本校の小銃は菊の御紋がそのまま残っている生きている小銃である。このなかには満州事変、上海事変で実際に戦闘に使用された銃も入っている。絶対に錆びさせてはならない。この銃を陛下から賜わった自分の魂と思って、つねに磨いておくように。こういわれたはずだ」

そのとき、嶋之内が前に歩み出て言った。

「問答無用だ。貴様たちの軍人精神は真っ赤に錆びている。いまからその錆びをとり除いてやる。四号整列！」

四号は腰掛けの音をさせて、正面に整列した。

「脚をひらけ！　歯を喰いしばれ！」

まず、小原が一撃ずつ殴って歩き、つづいて、嶋之内が一人に二撃ずつを加えて歩いた。当然のことであるが、一人だけ小銃を磨いた押川も修正を受けた。兵学校はすべて連帯責任である。四号たちは修正に慣れ、殴られて倒れるようなものはいなかった。ひよわく見えた十条も、拳の来る側に頬を傾けるという方法を会得し、殴られ方もかなりみごとになってきていた。

修平の前に来ると、嶋之内は懐かしそうな表情を見せた。一番殴り甲斐のあるのは、柔道三段の修平である。嶋之内は慇懃（いんぎん）ともいえる態度で、第一撃を念入りに修平の左頬に喰いこませると、つづいて、左利きの特色を生かした強烈な左拳を右頬に撃ちこんだ。修平は頬の筋肉を緊張させてこれを受けとめたが、あとで頬の内側を探ってみると、粘膜が切れていた。筋肉は緊り、精神も拳を受けていることに慣れてきたが、粘膜だけは急には強くならないものらしい。修平は、二週間ぶりで、自分の血の味を舌の先でまさぐり、確かめていた。

その夜、巡検用意のラッパで就寝の用意を整えた後、ベッドの上で巡検までの雑談を楽しんでいたとき、関野が興味ある報告をした。

「いやあ、おれは驚いたぞ。佐賀の本町通りを歩いていたら、矢沢のやつが向こうから来るじゃないか。しかも、生徒の服装で、短剣ばさげてな」

「本当か」

「そいで、おりゃあ言うちゃった。おい、矢沢、お前は生徒は免生（めんせい）になったじゃなかと？そしたら、矢沢のやつ、こうぬかしたとよ。『おれは江田島みたいな野蛮なところは、いっちょう虫が好かん。しかし、短剣をさげて街を歩くのは好きたい。第一、女にもてるもんね、喫茶店に入ってもな。しかし、いまは本物の生徒が帰って来ちょるけん、どうもワリを喰っていけん』いうてな」

「そうか、怪（け）しからんやつだな。江田島の恥だな」

「それがよ、このようにして、シャナリ、シャナリとな」

「まったく、マネキンみたいなやつじゃな」

「それでな、近く東京へ出て、一高へ入るいうとったぞ」

「しかし、一高の試験は終わっとるし、臨時に転校なんかできるんかなあ」

その夜、二分隊四号の話題の中心は、矢沢の街を歩く姿だった。

九月下旬、三日間にわたって水泳競技が行なわれた。ふだんは殴られてばかりいた四号のなかに、このとき精彩を放った男が二人いた。一人はオリンピック候補になったことがあるという伊藤で、嶋之内は百メートル自由形決勝で伊藤に敗れ、記録は更新された。いま一人は、全国中等水泳で優勝したことのある宮坂で、嶋之内は、二百メートル背泳決勝で宮坂に敗れ、やはり記録を更新された。二分隊四号の押川は、二百メートル自由形決勝の九人のなかに残り、三位に入賞して、貴重な得点をもたらした。二日目を終わり、二分隊の得点は二十三分隊と首位を争っていた。三日目の最終種目には分隊水泳がある。

その前夜、嶋之内は、分隊全員の前で檄をとばした後、ゴールの要領を説明した。

「いいか、最後を流すんじゃないぞ。自分の掌が確実にプールのへりにタッチするまで水を掻くんだ。最後を流すと、タッチする前につぎがとびこんで、フライングになり、全員失格になるからな」

彼はデスクを前にして、タッチの要領を示すとつけくわえた。

「十条、盛田、関野！　貴様たちにとくに言っておく。貴様たちは赤帽だが、どうにか五十メートルを泳げるようになった。いいか、当日はあわてるな、あわてると水を飲んでスピードが鈍る。となりのコースにもぐりこむな。失格になる。クロールでつづかないと思ったら、平泳ぎでゆけ。何としても五十メートルを泳ぎ切るのだ。分隊の名誉は貴様たち三人にかかっていると考えて、奮励努力しろ！」

三人は了承の意を示した。

翌日の午後、分隊水泳が行なわれた。巡洋艦「平戸」の横に、大きな材木をつなぎあわせた五十メートルプールが仮設してある。白いコースラインで九コースが仕切られている。各分隊が四十人を出してリレーの総合タイムで得点を争う。水泳競技の最後の種目である。一回に八個分隊が競泳し、三回で終わる。

抽籤で、二分隊は三回目の六コースに出場と決まった。二コースがライバルの二十三分隊で、いままでの得点では二十三分隊がややリードしていた。

「いいか、盛田、十条、関野、絶対に落伍するな。それから、押川、貴様はおれの前だ。あせらずに自分の泳ぎでゆけ。あとはおれがひきうける」

アンカーは嶋之内で、記録のよい押川がその前だった。

ホイッスルが鳴り、八個分隊の第一泳者がスタート台に並んだ。海に浮いたプールなので、スタート台も波に揺れている。二分隊の第一泳者は、自由形の早い二号生徒の西原である。

「用意、撃て！」

号砲が鳴り、八人の泳者はとびこみ、水しぶきにかくれた。

二十人目ぐらいまで、二分隊と二十三分隊は、たがいに首位を争っていた。このあたりから、各分隊とも赤帽を投入するので、ペースが乱れてくる。二十一人目に十条がとびこんだ。覚えの早い彼はクロールをほぼ会得していた。細身の体で、予想以上に速く泳ぐ。スタート台の近くでストップウォッチを握っていた嶋之内が言った。

「三十八秒フラット。赤帽としては上々だぞ」

十条の力泳で、二分隊はわずかに二十三分隊を抜いた。しかし、向こう側からとびこんだのは、関野である。彼は初めからクロールをあきらめ、平泳ぎで進んで来る。赤い帽子が、浮き沈みしながら、ゆっくりこちらに近づいて来る。二十三分隊は白帽で、クロールでしぶきをあげ、間もなく、関野を追い抜いた。

「関野！　クロール、クロール！　忘れたのか」

嶋之内の叱咤で、関野はクロールに切りかえたが、たちまち水を飲んだらしく、顔をあげた。泣き顔に見えた。はじめて海中に投げ込まれて溺れたときの顔である。関野はふたたび平泳ぎにもどり、不安を感じた修平は二コースのスタート台を見た。赤帽をかむった大きな男が、盛んに耳の穴につばを押しこんでいた。ラグビーと相撲の強い左近だった。

――あいつも赤帽か……。

修平はかすかな安堵を覚えた。

「盛田、クロールでゆけ。向こうも赤帽だぞ。負けるな」

スタート台に立った修平は、嶋之内の声を耳にしながら、近づいて来る関野を見まもった。顔を紅潮させながら、アンバランスに四肢を動かす関野には必死の表情があった。二コースでは、左近が大きな水しぶきをあげてとびこんだ。関野の赤帽が徐々に近づき、その両手がスタート台の下にタッチすると、嶋之内の掌が修平の背中を叩き、修平は関野の上を越えてとびこんだ。しばらくの間、彼は四肢を激しく動かした。右腕にひっかかるものがあるので、泳ぎをひかえ、頭を上げた。コースラインの白い浮標をつかんで引っ張っても失格であるし、越えてとなりのコースに入れば、むろん失格である。

　修平のクロールは右に曲がる癖がある。コースを修正するため、修平はしばらく平泳ぎに変えた。嶋之内らしい叫びが、後ろの方で聞こえた。修平はコースラインの浮標を見、ついで二コースをぬすみ見た。左近の大きな顔がこちらを向いていた。左近はのしを採用していた。大きな体がイルカのように上下し、速力は出ないようだった。

　修平はやや安心し、クロールにもどった。しばらくゆくと、またコースラインにひっかかった。修正するため平泳ぎに移ると、左近がほぼ並行の位置で浮き沈みしていた。苦渋な表情を示していた。だいぶ水を呑んだらしい。修平はふたたびクロールにもどり、また平泳ぎで修正して、ついにゴールの木片をつかんだ。つぎの泳者、白帽の細野がとびこんだ。

「よし、よくやったぞ。二十三分隊を抜いたぞ」

　台の上にあがると、伍長の早浦が言った。二コースの左近はのしをあきらめ、平泳ぎでゴールに近づきつつあった。自分より遅い人間がいるということを知って、修平は不審とともに一つの自信を持った。来年の分隊水泳が待ち遠しい、と考え、そのような感想を表出するのは、思い上がりであることに気づき、唇を嚙み、揺れる台の上から水面の波をみつめた。

　二分隊と二十三分隊は、最後まで首位を争った。三十九人目の押川がとびこんだとき、二分隊は二メートルほどリードしていた。しかし、二十三分隊のアンカーは、オリンピック候補だったという四号の伊藤である。

プールの周辺の教官や生徒の視線は、押川と、二十三分隊の二号、福田の競泳に集中された。中学時代水泳の選手だった押川は、力強いクロールで、プールの中ほどまで進んだ。差は三メートルにひらいていた。これなら、伊藤がいくら早くても、アンカーの嶋之内のペースでいけば、勝てそうに思えた。

プールの中ほどを過ぎたところで異変が起こった。押川の泳ぎが急に変わった。それは奇妙な泳ぎだった。平泳ぎに似ているが、平泳ぎではない。両脚は蛙脚であるが、右腕が動いていない。左掌で水を掻き、両脚の推進力で前進するのみである。二十三分隊の福田は、クロールでたちまち押川に追いつき、抜いた。

「押川、どうした！　しっかりしろ！」

向こう側のスタート台で、アンカーの嶋之内が声を嗄らした。しかし、押川は遅々として進まない。ポンツーンと呼ばれる浮き桟橋から見ている修平にはわからないが、押川は苦悶の表情を浮かべているにちがいない。

二十三分隊のアンカー伊藤の長い体が水面を撃った。水しぶきは少ないが、みごとな泳ぎである。あとで聞いたことだが、オリンピック候補選手の合宿に参加したときは、一日一万メートル以上を泳がされたそうである。彼の泳ぎはプロフェッショナルな泳ぎと言える。やがて、押川がゴールにたどりつき、待ちかねた嶋之内がとびこんだ。水しぶきを高くあげ、力泳に見えるが、スピードは伊藤の方が出ている。嶋之内の泳ぎはアマチュアの努力を示すもので、プロの泳ぎとは言えない。

伊藤は八メートルの大差をつけてゴールインし、二分隊は押川の事故のため、二十三分隊に屈した。

競技は終了し、生徒全員が水泳帯のまま海岸の松林の近くに整列し、表彰式が行なわれた。整列するとき、細野が言った。

「まぁったくな、よりもよって、分隊水泳のラストで、押川が脱臼するなんてなあ」

右肩を脱臼した押川は、すでに担架で病室に運ばれていた。

「押川は力を入れすぎたんだ」

「そうだ、あんまり力んじゃいけない。無理をするから関節がはずれるんだ」

赤帽の十条と関野がこもごもに言った。修平はそれに同調できなかった。要するに異変が起きたのである。異変はだれにも予想ができないし、いったん、異変が起きると、これに対処することはきわめて困難である。異変について、後からあげつらうことはやさしいが、異変への対策は難しい。記録のよいものかならずしも早く泳げるとは限らない。これが修平の得た教訓である。

全員の前で、優勝旗が教頭小栗大佐の手から、二十三分隊伍長の手に渡された。各種目の優勝者には銅メダル、新記録を樹立した伊藤と宮坂には銀メダルがあたえられた。

「講評！」

と教頭が言った。

「第二十三分隊ノ奮闘力泳ハ終始見事ナリ。同分隊一学年、伊藤清継、第八分隊一学年、宮坂広三ノ成績ハ抜群ナリ」

そこで息を切ると教頭はつづけた。

「ナオ、第二分隊、一学年、押川兼郎ハ、分隊水泳ノ途中、右肩関節ヲ脱臼セルモ、競技ヲアキラメルコトナク、ツイニ規定コースヲ完泳セルハ、兵学校精神ノ発露ナリ。本教頭ハ、深クコレニ感ジ、ソノ敢闘ノ精神ヲ賞讃スルモノナリ」

教頭の講評は終わり、水泳競技は閉じられた。

その夜、自習時間がはじまると、嶋之内が前に出て言った。

「全員、かかったまま聞け……」

彼は両掌を腰にあて、両脚をかわりばんこに前に出したりひっこめたりした。

「何というかな。いまのおれは、悲しいようで、嬉しい、妙な気持だ」

彼は感慨深げだった。

「待望の水泳競技で、敗れたのは、むろん、残念だ。しかし、みなよく頑張ってくれた。とくに赤帽の四号三人は、よく力泳して、完泳してくれた。くわうるにだ。押川は脱臼の激痛をこらえて、ゴールまでたどりついた。あれが途中で棄権していたら、二分隊の面目は丸つぶれだ。俺は優勝できなかったことより、もっと残念に思うだろう。しかし、押川はよく最後まで敢闘した。競技の成績以外で、教頭からあのように賞められた四号を、おれははじめて経験した。入校して日は浅いが、四号のなかにはすでに江田島精神を体得したものがおる。おれはやはりうれしい。この精神を忘れないで、今後の生徒館生活に邁進しろ!」

お達示はそれで終わり、嶋之内は席に帰り、修平がひそかに期待していた整列と修正はこの夜はなかった。

九月の終わりに遠泳が行なわれた。

脱臼のなおった押川は嶋之内ら特級の生徒に伍して、十三マイル（二十キロ）の遠泳に参加し、完泳した。修平は十条、関野らとともに六マイルに参加した。コースは表桟橋、津久茂、能美島である。スピードの遅い平泳ぎであるが、滞水時間が長いので疲れた。脚よりも、首の後ろが凝るのに閉口した。遠泳のあった日は夕食が繰り上がり、八時以後の就寝が許可される。しかし、暑くてなかなか寝つかれなかった。翌日の十メートルとびこみが気にかかっていたせいもある。

翌日の午後、赤帽の四号約七十名が、巡洋艦「平戸」の前甲板に整列した。「平戸」は燃料弾薬などをおろしているので、吃水が浅く、前甲板は海面上八メートルであり、その上に、さらに二メートルの跳び込み台がつくってあった。

「よろしいか。絶対に下を見ないこと。人間だから、下を見るとこわくなる。教わったとおり、伸び切り型で、思い切って前にとび出し、胸を張って水平線をみた後、両腕を頭の上部にそろえる。すれば、自然に頭部から海中に落下するように、人体の構造ができとる」

体の比重が海水よりも重いといわれる筋肉質の水泳指導官がそう説明した。

「では、分隊、逆番号順序にとびこみ、始め！」

二十四分隊の赤帽がまずとびこんだ。通常、あきらめてとびこむ者は海面で腹を打ち、勢いをつけてとびこむ者は、空中で半回転して背中から落ちる。落下する途中で迷い、身悶えする者は、脇腹を打ち。それぞれの型を示しながら、三名がとびこみ、二十三分隊に移った。台の上にあがったのは左近だった。平生の言動からみて、勇壮なとびこみを見せてくれるものと、他の四号は期待をしていた。もっとも、一般的なとびこみは、直立不動の姿勢から、両腕を水平に前方に伸ばし、ついで、左右にひらき、爪先で台を蹴り、空中に浮くのである。左近は、台の上に直立し、まず操式どおり、両腕を前につき出しそろえた。ついで左右にひらき、ふみ切るかとみていると、彼は静かに両腕を下にさげた。

大きく深呼吸すると、彼はふたたび両腕を前方水平にさしのべた。しかし、期待されたふみ切りはなく、両腕はふたたび、下におろされた。

「左近生徒、早くとびこむ。あとがつかえておる」

赤い褌（ふんどし）をつけた下士官の教員が言った。左近はふたたび両腕を前に出し、大きく息を吸った。瞑目していた。そのままとびこむかと見ていると、眼をひらき、両腕を下におろした。

「どうした左近、臆したか。水がこわいのか。相撲の元気はどうした」

水泳係副主任の一号桜田生徒がそう叫んだ。彼は二十三分隊の伍長補である。

左近は両腕を前に出しては下におろす単純な運動を繰り返した。その周期は早くなり、ときどき両膝を痙攣させたが、やはりふみ切りはなかった。

桜田が台上に登ると、

「この台の上へあがったら、とびこむだけだ。もどることは許されんぞ」

左近の背中を押した。叫びとともに、左近の大きな体が台をはなれた。彼は四肢をふるってもがき、そのままの形で海面に落下した。下腹部が先であったが、ほぼ水平の形で水を打ち、大きな飛沫をあげた。しばらくして、体は海面に浮上した。うつ伏したままであり、浮き身をしているように見えた。

「気絶したか」

桜田がみごとな形で台上からとびこむと、左近に近づき、体をひっくり返してみた。定かには見えないが、左近は白眼をむいているようだった。ストッパーと呼ばれる水泳帯が裂けて、男性の一部が露出していた。木綿の褌が裂けるくらいであるから、打撃はかなり強烈であり、それが男のものに直撃したことは、彼の不幸であった。

溺者救助の形で桜田が通船に運び、左近に人工呼吸をほどこした。しかし、左近が息をふきかえすまでには時間がかかった。教員と相談していた水泳指導官は、台の上に登ると告げた。

「本日の高とびこみは中止する。次回は、明年となるであろう。それまでによく修練して、失神することなどのないように……」

四号は解放され、「平戸」の舷梯(タラップ)をおりはじめた。

「きょうの功労者は左近だな」

「そうだ。彼は一身を犠牲にして、おれたちを救ってくれたんだ」

「それにしても、二十四分隊の四号はワリを喰ったな」

「はじめから左近がとんで、気絶してくれれば、だれもとばずにすんだのによう」

赤帽たちの会話を耳にしながら、修平も舷梯をおりた。

——生まれてから、いままでの主な事件がパノラマのように眼前に展開されるというが、台の上で何度も腕を上下させていた左近の前には、どのようなパノラマが訪れたのか、聞いてみたいものだ……。

そして、自分がそのような回想に恵まれるチャンスを逸したことを、やや残念にも考えた。

瀬戸内秋色

一

昭和十二年十月から十一月にかけて、支那大陸の戦線はおおむね膠着状態であった。九月末成立した国共合作により、共産軍は北支で八路軍、中支では新四軍に編成し直され、国民政府軍と協力して、抗日民族統一戦線をかためた。

このため、日本軍は北支では、一部の都市を点として占領するにとどまり、中支でも、上海付近の河岸を確保しているのみであった。軍上層部は早期解決を望み、大軍を送って大打撃を加えれば国民政府が屈服するものと考えた。大量の兵士が動員され、大陸に送りこまれて行った。街にはようやく戦時色が濃厚となり、繊維製品の買いだめというようなことばが聞かれはじめた。

「日軍百万杭州湾に上陸」ののぼりを誇示し、上海の戦線に突破口をつくったのは十一月のことであり、西進して南京を占領したのは十二月のことである。南京へ進む途上と、南京占領に十万を単位とする支那人が殺された。

江田島では、毎年秋、十一月に彌山(みせん)登山競技が行なわれる。競技の行なわれるころは、紅葉が盛りである。

彌山は安芸の宮島の主峰で、海抜五百二十五メートル。この時期に競技の実行を設定したのは教官室の風流心によるものであろうが、競技に参加する生徒の方は、秒時の短縮に追われて、山を登り切るのがせい一杯で、紅葉を鑑賞する時間は持ちあわせないのが普通である。

競技の約一ヵ月前、すなわち十月中旬から各分隊では、準備訓練として古鷹登山訓練を行なう。脚と耐久力を鍛えるため、午後の体育時間終了後、校内一周の駆け足を行ない、また自習時間五分前と、十五分間の中休みには膝を屈伸させる運動が行なわれる。

このころ、盛田修平は、伍長補の嶋之内と柔道の練習を行なう機会があった。嶋之内は講道館二段であり、頑丈な体軀に恵まれ、相撲も強かった。修平は中学卒業時、武徳会の検定で二人を投げ、三段を受けていたが、兵学校では講道館派に属する再検定を受け、まず初段につけ出され、五月の武道大会では七人を投げ、銅メダルをもらい、二段に昇進していた。

「おい、盛田、一本行こう」

この日は珍しく嶋之内から挑戦してきた。かねてから、この頑強な一号生徒の柔道の実力を知りたいと考えていた修平にとっては、チャンスが到来したわけである。

組んですり足で動いてみると、修平には大体、相手の伎倆がわかった。

「えやーっ！」

気合とともに、嶋之内が右はね腰をかけてきた。修平の腰は強靭である。左の引き手を内側にひきしめ、体をやや左に傾け、重心を左側に預けた。これで右はね腰は完全に力を削がれた。嶋之内がもとの自然体にもどる前に、左の足払いを送り、こらえるところを、右脚を斜め前方に出して、支え釣り込み足を用いると、嶋之内の体は、修平の右爪先を軸として半回転し、畳の上に落ちた。立ち上がった嶋之内は、ややはにかんだようすを見せながら、今度は右内股を仕掛けてきた。修平は右脚を大きく斜め右前方に踏み出し、左脚を引いて、相手の内股をかわした。空を切って、相手の体勢が崩れたところへ、左釣り込み腰を用いると、嶋之内の体は、ふたたび修平の左腰を支点として回転し、宙に躍った。嶋之内の柔道は、江田島に来てから三年間に徐々に昇段した二段であるが、修平のそれは、中学校五年間、ひたすら優勝旗を得んがため、春夏秋冬の猛訓練に堪えた、対外試合専用の技術である。とうてい敵ではないことを嶋之内は悟ったらしく、

「おい、平野！」

と道場の中央にいた男を呼んだ。

「うちの四号だ。どのくらい強いかためしてみてくれ」

背はさほど高くないが、肩が四角く張り、巌のような感じをあたえる男であった。これが、本校柔道主任、五分隊の平野である。組んで動きながら、修平は、この男は自分と同等か、

あるいはそれ以上と察した。平野は、右自然体に組んで動きながら、修平の仕掛けを待っていた。胸は厚く、筋肉は堅そうだが、柔らかく弾力性のある動きを示していた。無理に仕掛ければ、返されるか、かわされるかである。

しかし、四段である平野に対し、二段の修平が、相手に先にかけさせるわけにはゆかない。まして一号と四号である。修平の体と筋肉は短い時間に思考した。このような場合、用い得る唯一の業は、彼の試合業である内股である。修平の内股は、かなり強引につくっておいて、とびこむ内股であるから、相手が受け身になっていてもかけることができる。彼が常時用いる大外刈りでは受けとめられ、返される恐れがある。修平は小刻みに左にまわり、相手を右に誘った。この反動として、相手が左にもどろうとして静止した瞬間、全身で股の間にとびこむのである。

相手の平野は誘われるままに右へまわり、左へもどそうとはしなかった。止むを得ず、修平は、右の支え釣り込み足を軽く送った。相手は動きを止め、右腕で、修平の左半身を押し、その業を封じた。いまだ。相手の重心は左右の脚に平等にかかっている。修平は、左の引き手を引いて、相手の体を左につくりつつ、大きくとびこみ、右脚と臀部の協力によって、相手の左内股を大きくはね上げようとした。危機を察した相手は、左肘でがっきという感じに、修平の右腕を制し、やや腰を引いて両者の体の間に距離をつくり、さらに、右半身を強引に右にまわし、修平の引き手を切った。

——かなりの相手だ、今度は向こうが仕掛けてくるだろう。柔道主任の得意な業は何か……。

修平は軽く前後に動きながら、それを待った。

平野も、当然、その責任を感じたらしく、軽く修平を押して来た。修平は了解した。このような場合、つぎに来るものは背負い投げである。押されて押し返す力を利用して背負うのである。平野の身長なら、それが普通であろう。修平は押し返しながら、用心深く重心を下降させるように両肩を落とした。気合とともに平野の体がとびこんでいた。五寸ほど修平の身長が高ければ背負われていたかも知れない。

しかし、重心が低いのが、修平の柔道の一つのメリットである。修平は左の引き手をさげて相手の脇腹に当て、自分の腰を相手の腰にぶち当てるようにして反動をつくり、その第一動を妨げた。相手はなおも第二、第三の動をほどこして来た。そのたびに修平の体は後退し、第三動で相手がもどろうとするとき、足払いを送り、大きく相手の体を崩した。平野は傾き、半身になり、右掌を畳につくことによってそれをこらえた。

修平はただちに、右腕で相手の左腕をかかえ、左腕で相手の左肩を制し、押さえ込みにかかった。右脚で畳を蹴って平野はのがれようとする。はね上がる平野を何度も何度も畳の上にたたきつけたが、ついに平野の右腕が修平の下腹部を支え、寝業のごく初期の形にもどった。修平は立ち上がるとみせて、左掌で相手の左膝の外側を大きくはたき、相手の左側面に侵入した。右側に回転してのがれようとする平野。その左襟を内側からとらえて引き起こそうとすると、平野は急遽(きゅうきょ)左に逆回転し、両脚を修平の下腹部に当て、左掌で修平の左襟を摑(つか)

んだ。修平は両掌で相手の左襟をつかみ、大きく後退しながら相手を引き起こした。相手はその力を利用して、ぽんと両脚で立った。いまだ。修平の右脚が大きく動き、敵の右大外を刈ろうとした。しかし、相手は両腕を支柱として、修平の体との間隔を固定し、そのままの形で素早く後退し、修平の大外刈りをふせぎ、なおも急追しようとする修平の下にもぐろうとする気配をみせ、背負いで修平を脅かした。

二人がふたたび自然体にもどり、一呼吸したとき、体育時間終了のラッパが鳴った。

「なかなか強いな。三段は確実にある。今度はおれの横捨て身を受けてみてくれ」

平野は修平の肩を叩き、二人は立礼をして別れた。修平は横捨て身というものを受けたことがない。小兵が大兵を倒すによい業で、無理にこらえると、腕の関節や肩の脱臼を起こすという古典的な業である。修平には一つ楽しみができた。

「おい、嶋之内、貴様のところの四号は、あれは専門的にやっとるな。貴様のはね腰では歯が立つまい」

平野がそう語り、嶋之内が苦笑した。

かつては、秋のこのシーズンには、遠漕といって、まず江田島から宮島の厳島神社まで二十三キロをカッターで漕ぐ競技を行ない、それが終わると上陸し、引きつづき彌山登山競技を行なったそうである。しかし、いまでは彌山登山は秋、遠漕は二月の終わりということになっている。

彌山は平安期、僧空海の開山によると伝えられ、山頂には寺院がある。ふもとの紅葉谷公園から海抜五百メートルの寺院の門前まで、二千数百段の石段がある。これを二十分台で登った者を一時限と呼び、以下一分ごとに刻み、三十分台は十一時限となる。各分隊全員が五分おきにスタートし、頂上まで到達するに要した時間の平均で成績を出すわけである。各分隊に一時限のレコードをもつ者が二、三名おり、平均は四、五時限である。

二分隊の四号で注目されたのは、十条、細野、盛田の三人であった。十条は繰り返される古鷹登山で、一時限の一号に負けない速力を示した。細野と盛田は、遅くて彌山係の小原を嘆かせた組である。細野は胸部疾患があるので、上空へゆくほど、心臓の力が弱ってくる。肥満して脚が短い盛田は登山には適しない。とくに石段は、スピードが出ない。

「十条は一時限、押川と西村は二時限、関野と宮田と市川は三時限、ほかは四、五時限を狙え。さて、細野は七時限、盛田は八時限かな。もう一時限ぐらい頑張ってもらわんと、優勝はむずかしいぞ」

ひょうきんなところのある小原は、駆け足の終わった休憩時間にそんなことを言った。

彌山の石段は、昔の修験者用につくられ、とくに段の間隔が広いと聞かされて、修平は不安を感じた。水泳競技では十条と関野と修平がブレーキになったが、今度は、他の二人は早い方で、自分だけが要注意として残ったのである。柔道や相撲では好成績をあげ、一号にも譲らないのであるが、スピードを競うゲームは水平と垂直とをとわず苦手である。古鷹山の途中、実弾射撃場までは幅の広い石段があるが、ここを全速で登ると、両腿の筋肉が硬直し、心臓が何ものかに摑まれたように感じ、体は後ろに反り返ろうとする。この状態を生徒たちは裏帆を打つと呼ぶ。カッターの帆走で変針するとき、風が逆に変わると、帆が反対側にふくらむ現象にたとえたのである。

ただ一つ、修平が不審に思ったのは、伍長補の嶋之内があまり早くないことである。分隊全員古鷹登山のとき、彼はかならず、遅い四号を激励に来る。彌山登山競技はどのような手段を用いても、分隊全員が早期にゴールに到達すればよいので、力尽きた生徒を、他の二人がかついで登ってもよいのである。彌山係の小原は当然のように四号の臀を叩いたり、背中を押しに来たりするが、嶋之内もそれにならう。

「四号どうした！　細野、体をもっと前に傾けろ！　盛田、もっと早く脚を前に出せんか！」

彼はそう叫ぶが、彼自身も相当息を切らしており、じつはあまり速くないのではないかと、修平は首をひねったことがある。普通に登ると遅くなるので、四号の督戦隊となり、遅いのをカバーしているのではないか。そう思うと、修平は軽い宥和（ゆうわ）を感じた。水泳が早く、闘志の旺盛な嶋之内にも、泣きどころはあったのである。

十一月中旬、彌山登山の前夜、生徒館の各分隊では、恒例のとおり、明日の奮闘を誓う檄（げき）をとばす行為が展開されていた。

まず、一号が士気を鼓舞することばをはく。

「かならず走れ、決して歩くなっ、歩くよりは這え。石段は這った方が早く登れる」

「彌山山頂の展望は天下の第一景！　あすは優勝旗を手にして、瀬戸内の秋を満喫するぞ」

「かつて快川和尚は言った。心頭を滅却すれば火もまた涼し、と。四号よ、このことばを忘れるな。心頭を滅却すれば、登り坂も下り坂のごとしだ」

ついで、二号の彌山係補佐が立ち上がる。

「いいか、四号。あしたのスタートは分隊番号順序五分おきだ。かならず五時限をつめて、前の一分隊に追いつくんだ。もしも、五時限遅れて、三分隊に追い抜かれるようなことがあったら、一号生徒はいざ知らず、この彌山係補佐の佐伯が承知しないぞ」

激励の辞はもっぱら四号に集中される。やがて、四号が一人ずつ正面に立って宣誓に似た発言をする。このときだけは敬語を用いず、自在なことばづかいが許される。まず、先任の十条が立った。

「四号の先任者、明日の登山では二分隊の先任。備えあれば憂いなし。おれは一時限で登り切ることを確約する」

「よし、その意気だ！」

「できれば一時限を切って、零時限に突入してみろ！」

やはり細身で、登山の得意な伍長の早浦が激励する。

やがて、細野が正面に立つ。

「おれは大言壮語はしない。しかし、落伍はしない。壮語もせず、落伍もせず！」

「ようし、その意気だ」

ついで修平が立ち上がった。

「神明にかけて分隊の名誉をまもる！」

それだけを言った。

「しっかりやれ！　あとの三分隊に追い抜かれるな！」

最後に、彌山係の小原が前に立った。

小原は右の拳を握ると全員の前に突き出した。一同は、それを見まもった。

「どうだ、みんな見えるか」

小原は拳を突き出したままたずねた。

「どうだ、関野、何が見える？」

「げんこつが見えます」

「ばかもの！　もっと何か見えるはずだ。盛田はどうだ。おれの掌のなかには、何かが握られているはずだ」

「ラムネの瓶であります」

「何を言っとるか、もっと大切なものだ。十条どうだ。何が見える？」

「は！」

十条は思案した後、答えた。

「優勝旗が見えます！」

「そうだ、そのとおり、おれの拳のなかにはすでに優勝旗が握られている。いまはまだ肉眼では見えん。しかし、あしたの夜には、確実に貴様たちの眼に見えるようになる。そして、それも貴様たちの頑張り次第なのだぞ」

二

こうして、秋晴れの一日、彌山競技の日が来た。生徒は各分隊二十四隻のカッターとランチに分乗し、水雷艇、内火艇に曳航されて、安芸の宮島に向かう。

「四号、よく途中を見ておけ。二月にはこのコースを遠漕で漕がしてやるぞ」

短艇係の嶋之内がそういう。四号は津久茂や、遠くは古鷹山の紅葉を眺めている。風流心があるわけではない。宮島へ着いたら景色どころではなくなることがわかっているからである。潮は満潮に近く、厳島神社の鳥居はだいたい絵葉書のとおりに海面に浮かんでいる。鹿の姿は見えなかった。

スタートの紅葉谷公園では炊事係が大鍋をいくつも用意していた。競技が終われば豚汁で飯が出る。生徒隊の横を修学旅行らしい女学生の一団がすれちがう。

「四号、わき見をするな！」

しかし、おさげのセーラー服に横目を使っているのは、四号だけではない。

定刻、午前九時、長い訓示のあとで、競技が開始された。

「用意、撃て！」

一分隊から出発する。五分おいて二分隊が出発した。予想どおり、十条、押川、関野は上級生の早い組にまじって先行する。

結局、遅れたのは細野と修平である。

「細野、心臓は大丈夫か」

細野には彌山係の小原がついている。

「盛田、しっかりしろ、三分隊に追いつかれるぞ」

嶋之内が修平のバンドを後ろから摑んで押し上げる。

「自分で登れます!」

修平は嶋之内を振り切ろうとするが、バンドをしっかり摑まれているので、逆に引っ張りあげる形になってしまう。階段の急なところになると、嶋之内は修平にぶら下がる形になってくる。そこで修平が息を切らすと、

「どうした、このくらいでヘバるやつがあるか!」

嶋之内は喘(あえ)ぎながら押す形を見せる。嶋之内と修平は同じくらいのスピードらしい。

二千数百段の階段を半分あまり行ったところで、三分隊一号のトップに追いつかれた。

「どうした二分隊! 嶋之内、相変わらず遅いな」

相手はカモシカのように細く長い脚をしており、紺の脚絆(ゲートル)が足りないほどである。

「気にするな、あいつは彌山係副主任だ。早いのはあたり前だ」

嶋之内は、いつになく弱気である。頂上まで数分のところに赤旗が立っており、教官がメガホンを持って激励している。

「何だ、二分隊、まだいたのか、急げ！　もうじき四分隊が来るぞ！」

このことばを聞くと、嶋之内は勇み立った。

「おい、盛田、四分隊だけには抜かれるな」

しかし相変わらず、バンドは摑まれたままである。結局、引っ張ったり、押されたりのかたちで、九時限でゴールインした。

――おれ一人なら八時限で来れたかも知れない……。

修平がそう考えていると、向こうでは、

「いや、盛田は意外と早い。おれの方がリードされそうだったよ」

と嶋之内がわりに正直なことを言いながらシャツをぬぎ、胸毛を露(あら)わにしながら汗を拭いている。そこへ細野が到着した。ついに四分隊にも追いつかれ十一時限である。頂上で彼は貧血を起こして倒れ、軍医官が呼ばれた。

「壮語もせず、落伍もせずだ。まあ、よく頂上までたどりついたな」

小原も一息ついたようすである。

一人でも落伍者が出れば、その分隊は失格で、不名誉このうえない。修平は背中の汗が冷えてゆくのを感じながら、あたりを眺めた。

東は似島を越えて広島の市外が遠望され、その南に江田島の古鷹山が見える。南には、小黒神、阿多田の島々をのせて、安芸灘がちりめんじわを寄せている。海の色は秋で、海面は凪である。西には広島県佐伯郡の台地が広がり、その向こうに、冠山（千三百三十九メートル）らしい山影が望まれた。雄大な眺めであるが、喘ぎながら登ったので、一層きわ立って見えるのかも知れぬ。

裏道を通って紅葉谷に降りると、もう、早い分隊から豚汁の昼飯がはじまっていた。

「四号は配食！　盛田は、いつまでかかって登っていたのか」

一時限の伍長早浦が、眼を三角にして怒鳴りつける。同じく一時限に入った十条や押川は早くも下山して、ニュームの食器に豚汁や麦飯を盛りつけている。広島県西条町に近い原村という演習場へ行ったときや、このように校外へ出たときは、分隊の食事は四号が準備をし、食器を片づけて返すのも四号の役目である。

修平はあわてて、準備の仲間に入った。豚汁は生姜が利かしてあるのでうまそうな匂いがするが、しゃくしで肉をすくってみると、白い脂身が多いようであった。

「紅葉饅頭を配給するから、各分隊四号は、受け取りに来い」

週番生徒の声に周囲を見回すと、あたりの楓、ぬるでは、すでに紅葉を過ぎようとしており、豚汁の鍋を吊った焚き火の近くにも、落ち葉が散り敷いていた。紅葉饅頭は楓の葉の形をしており、外側が狐色に焼いてあり、なかには餡が入っている。

となりで関野が訊いた。

「おい、盛田、何時限に入ったか」

「九時限だ」

「何と遅かね。おれは二時限ばい」

負けぎらいの関野は、相撲ではどうしても盛田に勝てないので、この分をとりもどそうというわけである。

向こうのござの上では十条が、落ち着いた調子で説明していた。

「脚ばかりで登ろうと思うから上体が残って疲れるんだ。全身を動かすんだ。両腕も首も動かすんだ。すると、疲れは平均するし、脚も動きやすい」

そのとき、食器をかかえて近くを通りかかった左近が声をかけた。二十三分隊の彼は、やっといま降りて来て、配食にかかったところである。

「おい、十条、また理屈をこねとるな。そううまい具合にはゆかんぞ。おれは正しく全身を使って、おしまいごろは這って登ったが、それでも十一時限だったぞ。二十四分隊も行ってしまって、おれとうちの伍長だけが残ってしまった。しかし、独走もいいもんだぞ。早いだけが能ではない。全力を尽くすところに競技の値打ちがあるのだ」

十条は黙って聞いていた後、

「それは教頭が言われたことばだ」

と言った。

食事を終わって浜へ出ると、潮は引き潮にかかっており、大鳥居の根元が露出しかけていた。大木の根の部分をそのまま用いてあるのが修平には珍しかった。女学生が並んで記念撮影をしており、その前に鹿がいた。鹿は修平たちにも近づき、伸び切らぬ角をズボンにこすりつけて、せんべいをねだった。

二分隊の競技の成績は十六番であった。

冬波

一

十二月に南京を占領した後、大陸の戦局は、ふたたび膠着状態に入ろうとしていたが、大量の動員はつづき、国内の軍国色はさらに色を濃くしていた。この年末、生徒には十日間の休暇が許可された。

休暇の前日、石造りの風呂に入りながら、修平は一つのメロディーを思い浮かべていた。

「勝って来るぞと勇ましく、誓って国を出たからは、手柄立てずに死なれよか、進軍ラッパきくたびに、瞼に浮かぶ旗の波」

「露営の歌」と題されるこの歌は、この年九月、新聞が募集した国民向けの軍歌に当選したものであるが、マイナーで哀調を帯びており、戦争の悲しみと感傷を国民に訴える意味でレコードが売れていた。

「おい、盛田、岐阜へ帰るついでに、東京へ来んか。おれの妹にも会ってくれ。一人は働いているが、一人は来年、女学校へ入れそうなんだ」

近くにいた十条が、顎を湯にひたしながら言った。

「うむ、貴様も、一度、岐阜へ来んか、おれにも妹がいるぞ」

しかし、修平が考えていたのは、妹とは別の女のことであった。


元日の朝、修平は母校の元洲中学校へ参賀の式に出るため、自転車で北へ漕いだ。中学校五年間、手袋も靴下もつけず伊吹を仰ぎながら通った道である。空は晴れており、伊吹はライトブルーの空を背景として、白銀の頂をもたげ、倨傲(きょごう)といえる形でわだかまっていた。

拝賀式のあとでは、在校生の有志が生徒控え室に集まり、陸海軍の学校へ行っている生徒が、軍事普及の講話をするのが恒例となっていた。まず、陸士へ行っている佐分利が朝礼台の上に立った。

「見よ、大陸の空を！」

彼はゴボウ剣と呼ばれる銃剣を抜いて、窓の方を指した。中学校のそれとはちがって、彼のは刃が付けられており、よく磨かれ、光っていた。

「いまや我らの同胞は、大陸に尊い血を流しておられる。極東に戦火は燃え、わが軍はついにここに起ったのだ。しかるに、貴様たちは何ごとか、惰眠(だみん)を貪っているではないか」

彼は、青少年が陸軍を志願し、国家有用の材となるべきを説いた。ついで、修平が壇の上に登った。

「日本は海国だ。海に囲まれた神国をまもるには、すべからく海の守りを固めねばならん。しかるに何ぞや、貴様たち後輩の眼（まなこ）は光を失い、精神はたるみ切っておるではないか」

修平は江田島の一号の真似をして、編上靴で、台の上を大きく踏み鳴らした。肥満したジャケット姿の修平が壇の上で力む姿を見て、在校生たちは笑いをこらえかねた。修平は力み、生徒の笑いはつづいた。

突然、佐分利が声を荒げて言った。

「何がおかしい！　おかしい奴は前へ出ろ！　貴様たちは皇軍を侮辱するのか。そんなに笑いたければ、一生笑っておられるように、口元を大きく切りひらいてくれるぞ！」

彼は抜刀して最前列の五年生に迫った。前年度の柔道部の主将に叱咤されて、在校生は眼の色をあらため、沈黙した。自分も短剣を抜くべきであろうか、と修平は思案したが抜かなかった。佐分利のは刃がついているが、自分のは刃止めがしてあり、要するに服飾品なのである。実戦用のゴボウ剣とは用途が異なり、したがって、そのあたえる脅威も少ないと考えられる。そして、このように気勢をあげる示威の行為に関しては、陸軍の方が即物的かつ直接的であることを、修平は認めたのである。

学校からの帰り、修平は自分の村を通り越して、南へ向かった。墨俣の料亭で小学校の同窓会がひらかれるはずであった。夏の同窓会は会費が三十銭で、小学校の裁縫室でささやかにひらかれたが、今回は同級生の馬淵が陸軍少年航空兵を志願して、近く入隊することになっていたので、その壮行を兼ねたものである。会費は一人一円で、はみ出した分は、大阪で株屋の店員を勤め、景気のよい関谷が負担することになっていた。

墨俣は、かつて洲又と書かれ、平安時代から多くの川がここにデルタをつくり、東西を結ぶ美濃路の要衝であった。木下藤吉郎が一夜城を造築して、稲葉山城攻略に成功してからは、下宿、上宿の遊里をここにまとめ、街道筋の花街として発展してきた。料亭街は長良川の堤の両側に並び、春は鱸、夏は鰻、鮎、鮠、秋冬は鱒、鮒、鯉など、四季の川魚料理が会席の膳に供された。料亭街に沿った堤には、島田に稲穂をさした芸者が行き交い、川に面した座敷からは、葭の川原の向こうに金華山が遠望された。

まず、一番で六年生を卒業した関谷が大阪弁のアクセントであいさつをした。

「例年、世話役を勤めてくれた馬淵君が出征されますので、本日は私が幹事役を勤めさせていただきます。まず、階級の一番上の海軍将校である盛田君の音頭で乾盃をしたいと思います」

数名の芸者が盃を満たし、修平はやや鼻白みながら、

「馬淵竹夫君の武運を祈って乾盃!」

と言い、盃を干した。生まれてはじめて自分が払った金で呑む酒であった。味は渋く、臭気が鼻腔の奥を衝き、目頭に沁みた。酒が回ると、かすりの着物の肩から、「祝 出征 馬

淵竹夫君」という白いたすきをかけた、馬淵が言った。

「夏は水野がいたがなあ……」

水野は上海戦に参加し、ウースンの敵前上陸で戦死していた。

「それから、もう一人、時太郎はどうした？　時太郎は……」

六年生の担任であった教師の北村が言った。彼は教え子が接待してくれる酒で、かなり頬を赤くさせていた。

「時ちゃんは、いま、ほかのお茶屋やで、一時間もしたら、来るやろ、もらいがかけたるで」

年増の芸者がそう言った。

「強もらいにせい、関谷から強もらいやいうて、早うせんかい」

遊びなれているらしいことばづかいをみせて、関谷が仲居をせかせた。

昼の二時からはじまった壮行会は、四時ごろには終わりに近づいた。

「どや、このへんで、馬淵を送る歌でもうたわへんか」

関谷が音頭をとって、合唱がはじまった。

「勝って来るぞと勇ましく、誓って国を出たからは……」

歌は三番に移った。

「弾丸もタンクも銃剣も、しばし露営の草枕、夢に出て来た父上に、死んで還れとはげまされ、さめて睨むは敵の空……」

歌が四番に移ろうとしたとき、荒々しく襖がひらき、一人の女が姿を現わした。

「なにが勝って来るぞ、やね。うちの兄ちゃん引っ張っといて、あとはどうなるんやね」

時太郎の園部時子は、かなり飲んだとみえて、眼のふちを染めていた。

「うちはね、きょう、お客さんの車にのせられて、大須のおちょぼ稲荷に、参って来たんやよ。兄ちゃんの武運を祈りにね」

彼女は座敷の中央に崩折れるように座ると、荒い息をした。島田の耳の近くで、稲穂がゆれていた。

——時太郎も一本になったんだな……。

と修平は考えた。時太郎は喘ぐようにつづけた。

「そやけどね、兄ちゃん兵隊にとられてもうたら、あとに残った父ちゃんや、弟や妹のめんどうはだれが見るんやね。それにうちは借金がぎょうさんあって、家の世話もでけへんしね……」

時太郎は、一座を見回すと、修平を認めた。

「これ！　この男！」

彼女はしなやかな指を伸ばすと、真っ直ぐ修平を指向した。

「この男がいけないんや、将校がうちの兄ちゃんを引っ張り出して、北支へ連れてってもうたんやわ」

「おい、いいかげんにしとけ、時ちゃん。軍人の悪口いうと、岐阜から憲兵が来るぞ」

「ああ、あんた関谷くんか。なんや、一番やいうて、えばるなよ。たかが株屋の番頭やないか」

「まあ、ええから、こっちへ座れ」

関谷は、時太郎の体を抱いて、窓ぎわの座蒲団に運ぼうとした。時太郎はあらがい、

「うちはね、芸者やよ、芸者がそんなところに座れる思うとるの？」

彼女は正面の馬淵を認めると、徳利を握ってその前に座った。

「あんた、竹ちゃん。あんたも兵隊に行くのかね。ええ兵隊になれるやろ。修平くんのようにな。うちが、お祝いの酒たんと呑ましてあげよか」

時太郎は、床の間を背にした馬淵にしがみつくと、左手でその頭を抑え、右手で徳利の酒を注いだ。酒は馬淵の唇からあふれ、馬淵はむせた。

「なんや、弱い兵隊さんやな。こんなもんはずして、今夜、うちとねんねしなさい。あんた童貞やろ。うちが筆おろしさせてあげるわ。水野くんみたいに、ろくに女の肌も知らずに戦死したらかわいそうやからね。これでも、夜城園（やじょう）の時太郎いうたら、床（とこ）の技巧がよろしいいうて、お客の間では評判とってるのやで、早う二階へ行こ。今夜はいそがしいんやからね、うちは……」

彼女は馬淵のたすきをとって引きずろうとした。

「おい、時ちゃん、ええ加減にしとけ。それでは諸君、これでいちおう散会ということにします。二次会は適宜に相談のうえ行なって下さい」

関谷が閉会を宣し、一同は立ち上がった。

玄関のところで靴をはこうとして、修平は時太郎につかまった。

「これ、このいくじなし。このまえ、うちが水揚げさせてやるいうのに、逃げてしもうてからに……」

修平は黙々として靴をはいた。時太郎はふたたび馬淵に抱きついた。

「これ、あんた、忘れたらあかんよ。あんたは、今夜うちと寝るんやで……」

「おい、馬淵、お前、本当に時ちゃんと泊まってゆくか」

「いや、おれは……」

「そやわなあ、お前はいいなずけが待っとるもんな、ええわ、時ちゃんはおれが引き受けるわ」

関谷が時太郎を抱きとめ、修平は馬淵と並んで外へ出た。修平は伯父の家に泊まる予定であり、二人は自転車を押して一夜城趾の方に歩いた。陽は伊吹の頂に近く、川面から堤を上ってくる風が、酔余の頰を冷たくかすめた。しばらく行くと、時太郎が追ってきた。

「修平くん……、竹ちゃん、行かないで。うちを一人でほっとかないで。うち、関谷の株屋なんか、嫌いやで……」

時太郎の裾がひるがえり、緋色の蹴出しの間から白い脛が見えた。修平は立ち止まり、自転車のハンドルを手にしたままふり返り、時太郎の面を凝視した。自分はいま、こわい顔をしているだろうと修平は考えた。なぜ時太郎を拒絶しなければならないのか、よくはわからない。女に触れるには早く、その前にすべきことがある、と考えているのか、それとも、時太郎が兄の応召を恨む訴えが、修平の奥にある陰の部分に触れて、それが修平の心を硬くさせているのかも知れない。

「なんや、その眼、その顔……。将校やかてえばるなよ。准尉准尉とえばるな准尉。准尉新兵のなれのはて……」

節(ふし)をつけてうたうと、時太郎は、つづけた。

「六八(ろっぱち)連隊の将校やかて、ぎょうさん来て、うちと寝てくわ。若い将校なんて、床の中へ入ったらだらしのないもんやで、すぐのびてしもうて……」

くるりと回って背を向けると、時太郎は裾を少しからげ、歌いながら堤の上を遠ざかって行った。

「夕空晴れて、秋風吹き、月影落ちて、鈴虫鳴く……」

その後ろ姿に向けていた視線を、修平は伊吹の方に向けた。陽はいましがた山のかなたに沈み、昼、浅黄色に晴れていた空には、夕照が残っていた。柿色の空にかかる雲が、陽の沈むにつれて紅の色を増し、それが女のきものの意匠を連想させた。白銀を示していた伊吹の頂上の積雪も薄墨色に変わりつつある。

――この美濃の夕映えを、おれは忘れないだろう。

そう考えながら修平は、ふたたび自転車を押しはじめた。

冬季休暇が明けた一月六日から二月下旬までは、江田島生活でももっともシビアなシーズンである。

まず休暇あけ恒例の大掃除のあとに棒倒しがある。半裸の上に棒倒し服という半袖の丈夫なシャツをつける。普通のシャツでは裂けるからである。大掃除終了早々に、「合戦準備昼戦に備え」のラッパが鳴り、生徒全員が練習場に出る。寒気はきびしく、鳥肌が立っているのを生徒は意識する。奇数分隊と偶数分隊に分かれ、約百メートルをへだてて棒が立てられる。棒の上には紅白の旗がひるがえる。一、二号は攻撃隊、二号の一部は防御隊、三、四号は棒の回りにスクラムを組んで棒をまもる。このとき、四号の一部は一号とともに突撃する。ブリッジと称して、敵のスクラムのなかに頭をつっこみ、踏み台をつくるのである。一号はこの上を渡って棒の方に殺到する。二分隊の四号は、この日ブリッジの役であった。

「戦闘用意、撃ち方始め!」のラッパで、修平は一号の前に立って突撃した。棒倒しのときには何号が何号を殴っても蹴っても差し支えないことになっている。修平は防御隊の奇数分隊二号につかまり、二つばかり殴られた。その腰に抱きつき、小内刈りで相手の右脚首を内側から薙ぐと、相手はあおむけに倒れた。嶋之内は平素恨まれているとみえて、二人の二号に囲まれ、かなり殴られている。修平はブリッジをつくる位置を物色しながら走ってゆくと、正面に左近がスクラムを組みながら右脚をあげて待っているのが見えた。スクラム隊は腕を使えないので、脚で敵のブリッジを蹴倒すのである。修平は左近の頬に二発げんこつを喰らわせ、ブリッジのためその股の間にもぐろうとした。

「四号、蹴れ！　蹴り倒せ！」

とスクラムの上の奇数分隊一号が叫ぶ。左近は長い脚をあげて修平の顎を蹴上げ、ひるまずにとびこもうとする修平の顔に唾をひっかけた。

修平は怒りを発した。殴る蹴るはよいが、つばきを吐きかけるとは、府立三中卒業生らしからぬ行為である。このような行為は相手を侮辱するとともに、おのれをも卑しくするものである。修平は左近の右脚をかかえると、まず鼻のあたりにかかった唾を相手のズボンで拭い、右掌で相手の急所に当て身をかませ、さらに摑むと捻（ひね）り上げた。左近の叫びが乱闘のなかで認められた。体を起こした修平は、左掌を相手ののど輪にあてがい、右の拳で力一杯、頰を殴りつけた。四号が相手を殴る機会はこのときをおいてはないし、まして相手は殴り甲斐のある左近である。さらに殴りつづけようとする修平は、後ろから突き飛ばされた。

「殴り合いをしているんじゃない。四号は、下へもぐるんだ！」

敵の二号をふりはらって来た嶋之内である。修平は殴るのをあきらめ、相手の股の間に頭を突っこんだ。その上を一号が渡り、スクラム上の敵一号と格闘がはじまる。左近の両腿が修平の頭をしめつけるので、音はほとんど聞こえない。ただし、鼻は利いているので、かなりの臭気が感じられる。左近は無精者で褌を洗わないのであろう。このような方法も戦法の一つかも知れぬ。そう考えている修平の背中を味方の一号が渡り、敵の一号がその上に転落し、かなりの衝撃をあたえた。遠くでかすかにラッパの音が聞こえ、左近の腿の力がゆるんだ。修平も股の間から首をあげた。立ち上がってみると、相手の白旗の棒は傾いており、その先に嶋之内がぶらさがっていた。味方の方をふり返ると棒の姿はなかった。偶数分隊が負けたのである。気抜けした形で肩を落とし、味方の陣へひきあげようとすると、背中を突かれた。ふり返ると左近が笑っていた。

「おい、貴様ラグビーをやらんか、貴様なら、フォワードセンターにもってこいだ。おれが本物のスクラムを教えてやるぞ」

「………」

修平は苦笑し、鼻のわきに臭いの残っている左近の唾を、手の甲で拭いながら、駆け足に移った。この日、十条は相手の四号に鼻を蹴られて出血した。いつも要領のよい彼には似合わしからぬことである。

その夜、巡検用意が終わって、巡検までの雑談の時間に、十条が興味ある報告をした。

「おい、休暇中に矢沢がおれのところへ訪ねて来たぞ」

「ほう、やはり生徒の服をば着とったかね」

同郷の関谷が興味を示した。

「いや、まず、一高へ入ったといって、帽子を見せたよ。ちゃんと三つ柏だ。しかし、これは第一高等予備校といって、一高ではない。それから、彼は思想研究会に入ったといっとったな」

「思想研究会?」

「うむ、いまの日本を救うのは、ヒトラーの国家社会主義がよいか、レーニンのマルクス主義が有効なのか、それを研究するのだそうだ」

「マルクスといったら、赤じゃないか」

押川が、丸い眼をけわしくさせながら言った。

「うむ、しかし、彼のいうには、二・二六事件以来、日本は軍国主義の道を歩みつつある。いまにきっと、英米を相手に戦わなければならなくなる。そのときに、ヒトラーのドイツと手を結ぶのが有利なのか、それとも共産主義ソ連を味方に回す方がいいのか、それを研究するんだ、と言っとったよ」

「そうか、ついにあいつも赤になってしまったのか」

関野が慨嘆に堪えぬというように腕を組んだ。十条はかならずしもそう考えてはいないようだった。

「矢沢の程度では、赤というところまでゆかないのではないか。むしろ、どの方法が有利なのかというんだから、実利主義というんじゃないのかなあ……」

「しかし、おれたちは利益のために海軍に入ったんじゃないぞ。矢沢の奴、共産主義などといって、忠君愛国に楯を突くつもりだな。江田島で少しぐらい殴られたからといって、赤になんかなりやがって……」

葉隠れ精神を信奉する関野は、ふんまんやる方ないという表情である。

「いまは非常時だ。そんなことを言っとると、憲兵に連れてゆかれるぞ」

「そうしたら、あいつはまた別の主義に変わるんじゃないのか」

修平と押川がこもごも言い、四号たちは笑った。しかし、その笑いにはいつもの明るさが欠けていた。自分たちが信奉し、そのために生命を賭けようとしている考えのほかに、別のいくつかの思想があり、しかも、それぞれがいまの世界情勢の中でかなりの力を握っているということは、おぼろげながら彼らも了解していた。そして、そのうち、どれが敵で、どれが味方なのか彼らの知識ではよくわからず、結局、そのすべてを敵に回してしまうのではないかというぼんやりした不安が、彼らの頭の隅にあった。

「まあ、あんまり深く考えんことだな、矢沢にかき回されることにならんとも限らんからな」

十条が鼻の頭を押さえながら分別臭げに言ったとき、タターン、タターンと巡検のラッパが鳴りはじめた。寝ろー、寝ろーと聞こえる物がなしいメロディーにも、四号たちはもう慣れていた。

「まぁったくな、江田島をやめたら今度は赤か、いそがしい奴だな」

細野がそう言い、四号たちは散って、自分たちのベッドにもどり、毛布をかむった。

二

翌朝から、厳冬特別訓練がはじまる。午前五時起床、洗面後、約四十五分の短艇橈漕訓練、午後も約一時間カッターを漕ぐ。そして、夜の自習時間休みにはバックがある。

バックというのは、デスクの前で横を向き、自分の腰掛けに浅くかけ、隣席の生徒の腰掛けに爪先をかけ、号笛とともに、体を右あるいは左に傾け、いっぱい後方に倒すのである。このとき、体はデスクのかげに完全にかくれていなければならない。完全に倒すと、起き上がるときに腹筋の力が過分に要るので、四号は途中で体を斜めにしたままつぎの号笛を待っている。短艇係、嶋之内の号笛はなかなか鳴らない。

修平は腹筋が痙攣して、上体が前後に震動するのを覚えた。前を見ると、関野の背中もふるえている。嶋之内が回って来て、

「細野、上体の倒し方が足りない」

と甲板棒で叩いて回る。修平が叩かれ、

「関野、完全に後ろに倒せ、このように」

と体を押されたとき、関野は脚がすべり、後ろにひっくり返って、腰掛けの横に落ちた。すると、関野の腰掛けに脚をかけていた修平も、関野の体重を失った腰掛けがはね上がるとともに、自分の腰掛けの前にすべり落ちた。この地滑り現象は後ろの細野をはじめ、この列の他の四人に伝わり、すべてが転落した。一号の怒号が響き、四号は起き上がると、腰掛けを整え、座りなおした。

「いいか、いいーち……、にーい……」

こんどは伍長の早浦が号令をかけ、他の一号は四号の指導に回った。

江田島は広島県に属し、広島県は瀬戸内海に面して気候は温暖となっている。しかし、午

前五時の江田島は寒い。とくに短艇橈漕は海水をかぶり、あとの手入れにも海水を用いることが多いので、四号の大部分は掌に霜やけを生ずる。バックでも橈漕でもけっして音をあげたことのない押川も、南国生まれなので、霜やけから免れることはできない。関野は小さな掌の甲を紅白の饅頭の紅の方のように赤くふくれあがらせている。凍傷に縁のないのは、満州生まれで、手袋なしで冬の伊吹山の近くを自転車でとばした五年間の経験をもっている修平と、東北育ちの細野だけである。

「まぁったくな、おれなんか、表桟橋の水に一時間ぐらい両手を漬けて、そのまま練兵場で乾かしても、全然凍傷になんかならんもんな」

他の運動では成績の悪い細野も、寒さだけには強い。

瀬戸内のなかの池と呼ばれる江田内も、冬は波が高い。

「波を漕げ、波を漕げ」と一号は叫ぶが、波に櫂の水掻きを入れると、波のはずれに出たときに力が抜けて後ろにひっくり返る。上達すれば、波の質をよく見きわめて、波の根元に水掻きを入れ、波のなかを漕いで、波から水掻きがはずれる前に櫂の握り手にぶら下がるふうにして体重をあずけ、上体を起こすのであるが、そのように都合のよい波ばかりが来るわけではない。具合の悪いときには、櫂をつき出そうとするときに、水掻きが高い波に当たる。こうなると、艇を逆に推進させる働きをすることになり、間の悪いときには櫂がはね上がり、櫂座からはずれたり、ときには水掻きを水にさらわれる。艇は進行しており、櫂が櫂座に入ったまま水掻きを海水にさらわれると、相当の圧力が加わり、一人の力では櫂座から櫂をはずすことも困難となることが多い。この状態を「櫂が流れる」と呼ぶ。このようなとき、艇指揮は一応、「櫂上げ」と令し、橈漕を中止し、艇の速度を落とした後、流れた櫂を復旧せしめ、しかる後、橈漕を再開せしめる。

海軍では櫂を流すことを最大の恥辱の一つに数えている。伎倆未熟とともに、気力の不足を戒める意味をもつのであろうか。

一月から二月の終わりまで、約二ヵ月、早起きと霜やけと、バックに悩まされながらのこの猛訓練は、ひとえに二月末の短艇競技と三月初めの宮島遠漕に優勝を争わんがためである。

短艇競技には各分隊第一クルーと第二クルーが参加する。一クルーには二号と三号の一部、二クルーには三号の残部と四号が充当される。一号は漕がず、両艇に分乗して督励の役にまわる。

九メートルカッターは、海軍でもっとも一般的に使用されているもので、左右両舷に各六座、計十二の漕手座がある。これに艇尾座の艇長を入れ、計十四名が定員である。艇指揮は号令によって艇を指揮し、艇長は舵柄を握って艇の舵を取る。体力のある修平は第二クルーの中オールを漕がされた。漕手座には艇首右舷から一番二番というように番号がつけられている。右舷が奇数席、左舷が偶数席である。修平は左舷の六番を漕がされ、となりの五番は頑張り屋の押川であった。五、六番は中オールといって、とくに強力な漕手があてられる。

押川は鹿児島湾で練習した経験があるらしく、要領の会得が早く、体力もあった。修平は会得は遅いが、柔道で鍛えた腹筋と、腕の屈筋でこれをおぎなった。艇指揮のすぐ前にある十

一、十二番の席は、整調といって重要なポストである。一分間に何本という艇指揮の定めたペースに従って、漕手をリードし、しかも、左右が同時に働く必要がある。運動神経のよい十条と、三号の古川がこの整調にあたった。第二クルーの訓練係は艇指揮が嶋之内、艇長が彌山係小銃係の小原である。

「いいか、きょうは日ごろバックで鍛えた腹筋の訓練を行う。櫂用意!」

一同は、櫂の握り手を一杯前に突き出した形で待機する。

「いいーち!」

十二名がいっせいに後方に体を倒す。

「関野、細野、倒し方が足りん!」

小原が艇座の間をとび回って体を突いて回る。かなりたって、

「にーい!」

で体を起こす。横目で遠くのカッターを見ると、いっせいに倒れたとみえて、漕手の体が全然見えぬ艇がある。これはかなり練度の進んだ第一クルーであろう。人間の頭がそこここに残り、水搔きの不ぞろいの艇は、いうまでもなく、四号が主力の第二クルーである。

「きょうは、沖の潜水艦を回る。ピッチは二十八本(一分間)でゆっくり行くぞ」

ストップウォッチを構えた嶋之内がそういう。

「きょうは、対岸の能美島まで全力橈漕。一、二クルーの競漕を行なう。二クルーにはハンディをあたえる、負けるな」

というわけで、二クルーは、百メートル前方からスタートする。しかし、半ばほどで追いつかれる。焦った嶋之内は、

「どうした四号、波漕げ、波を漕ぐんだ。盛田、細野、関野！」

と怒号する。四号は周章狼狽し、ピッチが上がり、だれかが櫂を流すことが多い。一人が櫂を流すと、その後は四号の整列があり、殴打による修正が行なわれる。

もっともこたえるのは、生徒館曳航と呼ばれる固定橈漕である。カッターを岸壁に近寄せ、ともづなを岸壁に付着している鉄環に巻きつける。「櫂用意、一、二、三」で漕手はオールをふるうが、艇はいっこうに進まない。陸地に固定してあるので当然といえる。

「さあ漕げ、もっと漕げ、生徒館を曳け！　練兵場ごと江田島を曳航しろ！」

一号はそう怒号する。しかし、十二人の漕手の力で、一つの島が動くわけはない。漕手は全身から発汗し、朝の寒気を忘れる。

「櫂上げ！　よーし、みな立ってみろ」

嶋之内の声で、一同は、ほっとして立ち上がった。

「後ろを向いてみろ。ようし、けつから出血しているのは、古川、十条、押川、藤倉の四人だな。よろしい。けつから出血しているのは、尾骶骨（びていこつ）を直接漕手座に当てている証拠だ。ほかのものは、尻の肉の厚いところを当てているから、出血しない。そのかわり、十分後ろに寝ていないというわけだ」

それを聞いて、修平はとなりの押川の臀部をぬすみ見た。肛門の上のあたりに鮮血がふき

出し、白の作業服を濡らしていた。

二月下旬、短艇競技が行なわれた。雲が低く風が冷たく、波の高い日であった。どのカッターもスタートラインで大きく上下していた。

「いいか、きょうは絶好のレース日和だ。こういう条件の悪い日は他の艇も漕ぎにくい。それを漕ぎ切るのが諸君の気力だ。健闘を祈る」

分隊監事の宮川少佐はそう激励した。

二号の伊藤が、扁桃腺を腫らして病室に入ったので、押川はただ一人の四号として第一クルーに編入された。第一クルーは健闘して六位に入った。第二クルーは押川が抜けたため、関野が修平のとなりの五番に入った。関野の中オールに修平は危惧を感じた。彼の掌の甲ははち切れんばかりに腫れ、紅潮している。これでオールが握れるのであろうか。嶋之内は第一クルーの艇指揮に行き、代わって第二クルーは、伍長の早浦が艇指揮の座に着いた。第二クルーは毎回六隻が同時にスタートし、二十四隻がそのレコードで順位を争う。この時間は、波がとくに高く、漕ぎにくかった。

スタートして間もなく、修平は尻の後ろがぬるぬるするのを覚えた。尾骶骨の皮が切れたな、と彼は考えた。ここから出血すれば一人前か。そう思うとオールに力が入った。尾骶骨の部分がぬるぬるすると、尻の移動がスムーズで漕ぎやすい。血液が潤滑液の役目をするのである。前方の浮標を回って帰路にかかると、波の荒れがひどくなった。往きに各艇の残した波がぶつかり合って、波の周期が不規則になっているのである。

　このとき、関野が櫂を流した。修平はそちらを見なくとも、関野が顔を真っ赤にして櫂をもどそうとする努力をつづけているのを感じとった。どういうわけか、早浦は櫂上げを命じなかった。関野はついに握り手の下をくぐって漕手座の下に降り立ち、肩を握り手の下に入れて、櫂を持ち上げた。このようなとき、小柄な彼は便利である。櫂はきしんだ後、栓が抜けるような音を残して櫂座を脱し、関野はようやく戦列に復帰した。第二クルーの成績は二十四隻中二十一番であった。この成績は、他にも櫂を流した艇があることを示すものである。

　夜の自習時間に、四号たちは整列と修正があるものと期待していた。一年間に近い殴打による修正はようやく惰性となる傾向を見せ、四号はこれを生活の慣習の一つとして諦念をもって受け入れるようになり、拳の恐怖による矯正の効果は、ようやく磨滅の様相を示しはじめていた。期待に反して自習終了まで、修正はなかった。五省が終わった後で関野が手をあげた。

「伍長、お願いがあります」

「何だ」

「私は、きょうの競技で櫂を流しました。修正をお願いします」

　すると早浦はゆっくりした口調で言った。

「おれは見ていたからわかっている。修正は一号の判断によって行なうものであって、四号の希望によって行なうものではない。それに、貴様らもあと一ヵ月余で三号だ。不始末を犯したら修正を受ければよい、というような安易な考えでは、つぎに入ってくる六十九期に笑われるぞ。失策は技術の修練か精神力か、どちらかの不足から起こる。櫂を流した関野だけでなく、他の四号も自ら反省しろ」

これで、関野は了承し、自習時間は終わった。

三月初旬、表桟橋前から宮島まで二十三キロの遠漕競技が行なわれた。距離が長いので、漕手はダブルである。一つの漕手座に外オールと内オールがつき、一本の櫂を二人で操作する。したがって、一つの艇に二十四人の漕手がつくのである。四号からは、押川、十条、修平ほか五名が遠漕に参加した。細野と関野はクルーからはずされた。ダビット（艇の吊り場）をはなれてスタートラインに向かう第二分隊の艇を関野は思いつめたまなざしで見送った。

遠漕は騒々しい競技であった。二時間あまりの長丁場であるから、黙って漕いでいては気力がもたない。艇指揮と艇長はさまざまな趣向でクルーの士気を鼓舞し、気分を転換させようとこころみる。修平は六番の外オールで、押川は五番の内オールであった。内と外では外の方が楽である。内オールが体を後ろに倒し、ぐっと櫂を引くと、外オールが櫂を突き出す役を勤める。運動量は内オールの方が多いのである。

艇指揮の嶋之内は外出時に玩具のラッパを仕入れてきた。艇長の小原はペンキの空き缶を持ちこんだ。

「いーち、にーい」のかけ声の間に、嶋之内がラッパを吹く。玩具のラッパであるから、気の抜けたような音しか出ない。無理をして吹くと、調子はずれの奇妙な音になった。

「伍長補！　ラッパは、やめて下さい。力が出なくなります」

　整調を漕いでいる二号の佐伯が言った。

「わかった。すまん」

　嶋之内はその非を認め、予備の舵柄で艇尾座を突いて調子をとった。江田内の狭い水道を出るところで、各艇が接近し混乱した。二十三分隊の艇が接近し、こちらのオールと向こうのオールがからみ合い、百足（むかで）のけんかのようになった。

「おい、十条！　貴様の方は下がれ、後から来たんだぞ」

　内オールの左近がオールの水掻きで十条の胸を突いた。四番外オールの十条は、オールの先で二十三分隊の艇を押し、修平もこれにならった。

「押せい！　向こうの艇を突き放せい！」

　小原がペンキの空き缶を鳴らし、嶋之内もたまりかねてラッパを吹いた。奇妙な音が海面をふるわせ、両艇の漕手は笑い出し、二つの艇は円満のうちに百足のけんかを解消した。

　遠漕の成績は十二位であり、これで一年間の全競技は終了した。早春であり、大鳥居を囲む水の色も、彌山の枯れた林を映して冬の色を残していたが、餌をあさる牡鹿のなかには立派な角を備えたものが多くなっていた。

　三月下旬、大講堂で六十五期生徒の卒業式が行なわれた。皇族が来臨し、校長の長い訓示があった後、優等生の表彰があった。一号では、前年、ある事件があったため七分隊伍長に下げられていた渡辺生徒が一番で、二分隊伍長の早浦は三番であった。五人がヘンデルの勝利の曲に合わせて壇上にすすみ、皇族から恩賜の短剣を受領した。つづいて卒業生全員に、海軍少尉候補生任命が伝達され、そのあと、在校生の優等生にチュリー（金モール桜の襟章）が授与された。予想どおり十条が一番となり、昨春、一番で入校した野原はチェリーの圏外に去った。

卒業生は、式後ただちに寝室で少尉候補生の第一種軍装に着かえ、食堂で、生徒としては初めて許される酒で乾盃し、表桟橋から汽動艇で、沖に碇泊している「磐手（いわて）」「八雲」の練習艦に乗り移り、遠洋航海に出る。

在校生は、教官およびその家族とともに、生徒館前から表桟橋に通ずる道路の両側に整列して卒業生を送る。二分隊の二号以下は表桟橋の近くに整列して新候補生の来るのを待った。軍楽隊がロングサイン（螢の光）を奏しはじめた。一番の渡辺を先頭に新しい軍帽軍服の候補生が姿を現わした。それは初々しく、若々しく、いままでの姑がふたたび花嫁に生まれかわったように、奇異な感じをあたえた。酒のせいか、色白の頬に紅を刷いたように上気して歩いてくる、元伍長の早浦を四号たちは発見した。

「伍長、お元気で……」

「おう、十条。貴様やったな。その調子で一号までがんばるんだぞ。盛田、貴様は柔道主任になれよ！」

比較的やさしかった早浦のことを思い出して、修平は瞼の裏がやや熱くなるのを覚えた。

やがて、嶋之内が姿を現わした。こちらは肩幅が張っており、少尉候補生のジャケットでは物足りぬ感じであった。

「おい、押川！　貴様のカッターはいいぞ。一度は優勝クルーで漕いでみろ。おい、細野、体に気をつけてな。しかし、あまり、ズベルなよ。おい、関野、貴様の負けじ魂をおれは高くかっているぞ。お役に立つ人間になれよ。それから、十条、貴様は何でもできる。しかし、兵学校はそれだけじゃないということをよく考えておけ！」

嶋之内は顎を引いたいつもの形で、昨日までの四号と握手しながらゆっくり歩いた。修平の前で彼は立ちどまった。微醺（びくん）を帯びており、浅黒い眼のふちが染まっていた。

「おい、盛田、貴様の殴られ方は兵学校の歴史に残るぞ。一号になったら、しっかり四号を鍛えてくれ」

嶋之内は修平の掌を握り、修平も握り返した。相手は白手袋をしていたが、酒のせいか温（ぬく）みがあった。胸のなかをふきぬけるものを修平は感じていた。もう、この男に殴られることはあるまい、最後に殴られたのはいつの日かと考えてみたが、急には思い出せなかった。一年間、日夜殴られるのに慣れてきた家畜のように、急に殴られなくなったらどのように行動してよいかわからぬのではないかという、かすかな危惧が、修平の胸の奥の部分にあった。

嶋之内は修平の掌を放し、表桟橋の方に去った。新候補生全員が汽動艇に乗り移ると、新一号の週番生徒が、

「在校生、総短艇用意！」

と叫んだ。

生徒たちは急遽、自分たちのカッターをおろし、沖の練習艦隊を目ざした。候補生は「磐手」「八雲」に分乗し、二艦は錨を上げつつ出港し、江田内の水道に向かった。在校生のカッターはそれを追い、途中で櫂を立て、帽を振った。練習艦の舷側に整列した候補生も帽を振りつづけた。帽子が一つ高く空に投げあげられ、舞いながら海面に落ちた。

――花火のようだ……。

修平はそれを見ながらそう考えた。練習艦隊は水道を抜けて安芸灘に姿を消し、在校生のカッターは回頭して、ふたたび赤煉瓦の生徒館に向かった。

ダビットにカッターを揚げ終わると、この日から三号に昇格した二分隊の旧四号は、十条にチェリーを見せるようせがんだ。十条は桐の箱のなかから、一対の桜の襟章をとり出して見せた。

「貴様、えらいな」

「このままでゆけば、恩賜の短剣は間違いないな」

そこへ、二十三分隊の左近が通りかかった。

「おい、十条、うまいことやったな。貴様はどこへ行っても要領がいいな」

彼は近づくと、箱のなかのチェリーを手にとろうとした。それを拒絶するように、手早くチェリーを箱に収めると、十条は左近の顔をみつめた後、言った。

「おい、左近、貴様は落第せんでよかったな。二回落第すると、兵学校は退校だぞ。矢沢のようにならんように、しっかりやれ」

左近は驚いて十条の顔をみた。信じられない変貌あるいは変質がそこに生じたようであった。しかし、やがて彼は驚きをおさめ、長い舌を出して見せた。赤く見え、根元は紫色に見えた。

「えらそうなことを言うな、十条、まだ一号じゃないぞ」

そう言い捨てると左近は背中を見せ、二分隊の旧四号は、それぞれの思いでそれを見送った。この日は好天で、江田内は、つい最近、短艇競技が行なわれた海面とは思えぬように凪いでいた。

短剣

一

昭和十六年十二月八日、真珠湾攻撃によって太平洋戦争が開始された。盛田修平は海軍少尉で、押川たちとともに霞ヶ浦航空隊で操縦の訓練を受けていた。翌年三月初旬、朝の新聞を見て、彼のクラスメートは騒いだ。

「おい、関野が特別攻撃隊に参加しているぞ」

「うむ、特殊潜航艇に乗り組み、二段進級、任・海軍大尉か」

「あいつは佐賀っぽで、武士道精神のかたまりだったからな」

「肉弾攻撃か、壮烈にやったんだろうな。なにしろ、軍神だからな」

それらの会話を聞きながら、修平は四号時代の関野誠一の表情を探っていた。水泳訓練のとき、赤帽で溺れて泣いていた童顔の関野、彌山競技で二時限に入り面目をほどこしたときの彼の顔、短艇競技の第二クルーで、櫂を流し、自習室で自ら修正を申告したときの無念に満ちた彼の表情などが浮かんでは消えた。

「おれたちのクラスで、江田島精神を実現した第一号といえるだろう」

押川がそう言い、修平も心のなかでそれに同意した。

「サンドイッチや、お菓子までもらって、ピクニックに行くようですね、と笑いながら、関野少尉は艇に降りた」と新聞記事は報じている。つづいて関野が別離にあたって吟じたという詩の句が引用してあった。

「……今朝　死別ト　生別ト。タダ皇天后土ノ　存スルアルノミ……」

その詩句を読みながら、修平は入校第一夜の姓名申告を想起していた。「シェキノ、シェイイチ」と申告して、一号から怒鳴られた関野の佐賀弁はなおっただろうか。卒業以来、空と海面下に別れたので会ったことがない。決死の出撃にあたって、「今朝死別ト、シェイベツ、ト……」と吟じたにちがいない。それが関野らしくてよいだろう。

昭和十八年四月、い号作戦のため、ラバウルからブインへ飛んだ連合艦隊司令長官山本五十六は、米戦闘機の奇襲をうけ、ブイン山中で即死した。い号作戦は、主要空母をトラック島に残し、その搭載全機をラバウルに送り、ガダルカナルとニューギニア東部の連合軍前進兵力を、撃破しようとした作戦である。空母「飛鷹」の艦上爆撃機操縦員としてこの作戦に参加した海軍中尉盛田修平は、米グラマン機に囲まれ、撃墜され、一週間ソロモンの海面を漂流した後、連合軍の捕虜となった。ガダルカナルの捕虜収容所で、ココナツ椰子の梢にかかった月を仰ぎながら、修平は空母「飛鷹」の自室に残した短剣のことを思い浮かべていた。昭和十二年四月、海軍兵学校入校のときに授与された短剣は、服飾品であって兵器ではない。したがって刃止めがしてあり、それで腹を切ることはできない。しかし、修平は捕虜になったことを短剣に申し訳がないと考え、自決するならあの短剣がふさわしい、とも考えた。短剣は江田島精神の象徴であり、虜囚となる前に死を選べ、という武士道の精髄とも思われたのである。

しかし、修平はかならずしも教えに忠実な江田島の生徒ではなく、彼の忠君愛国の精神は、生の本能を押し切るほどには強固ではなかった。一週間の漂流で、鱶（ふか）に追われながら、彼は自分のなかの奥底にひそむ欲求に気づいていた。彼の価値観は徐々に死よりも生を重しとする方向に転換しつつあり、その意味で、彼の軍人精神は、桜の咲く四月、江田島の校門を入ると間もなく授与された短剣のように、服飾品の一種であったのかも知れない。

昭和十九年六月、米軍はサイパン、テニアン両島を占領した。日本軍にとって戦局の非は決定的と思われた。同年秋、修平はアメリカ北部、ミシガン湖に近いウイスコンシン州のキャンプ・マッコイ捕虜収容所にいた。ハワイ真珠湾攻撃の特殊潜航艇で、ただ一人捕虜となった同期生の高垣がいっしょだった。サイパン島で捕虜となった多くの将兵が送られてきた。

一人の下士官が修平を訪ねてきた。彼は脚を負傷し、松葉杖をついていた。

「高田中尉は海兵六十八期だそうですが、本当ですか」

「そのとおりだが……」

修平は虜囚の身を郷党に知られるのを恥じて、偽名を用いていた。架空の身として外地に果てたい、というのが彼の願望であった。

「では、十条大尉をご存知ですか。私の乗っていた駆逐艦『早風』の航海長です。六十八期を一番で卒業して、恩賜の短剣をもらわれた方です」

「よく知っている。江田島の四号で同じ分隊だった」

「テニアン島で戦死をされました。『早風』はマリアナ沖の海戦で大破したので、私たち乗員は陸戦隊員となって戦い、最後に司令部とともに山中に追いつめられました。中部太平洋第一航空艦隊司令長官小栗中将が指揮をとっておられました。十条大尉は、臨時に副官の役も勤めておられました。米軍の主力に囲まれて、いよいよ、明朝は最後の突撃、という前夜、十条大尉が洞窟から出て言われました。『ただいま、長官が自決された。大本営へは最後の電報が打たれた』翌早朝、残存部隊全員は突撃しました。米軍のいうバンザイ突撃です。十条大尉は拳銃を乱射しながら突撃されました。先任下士官であった私はすぐそばについていました。十条大尉は胸を、私は脚をロケット弾でやられました。十条大尉はふところから短剣をとり出して自決を図りました。備前物の真剣につけかえてあり、普通の短剣よりは太目の造りです。出血がひどく、十条大尉は短剣を握ったまま絶命しました。いつもと同じ色白の顔でした。私は、倒れていたところを米兵に捕らえられました。——航海長に申し訳ないと思っております」

「そうか、十条は死んだか」

収容所の庭の芝生に腰をおろしたまま、修平はうつむき、顎を米軍給与の服の襟に埋めた。小栗中将は彼らが四号生徒のときの教頭であった。修平は夏季休暇前の、小栗大佐の長い訓示と、手首から軍帽に伝わった汗の感触を思い浮かべていた。壮烈な最期だったであろうと想像し、十条のような秀才を、その全能力を発揮させずに中道に倒したことを惜しいとも思った。戦場は秀才にも怠け者にも平等に運命を配給するのである。

十九年十月、フィリピンのレイテ島争奪をめぐって、史上空前の海戦が行なわれた。米国のいうレイテ沖の海戦、日本軍の発表した比島沖の海戦がそれである。

このとき、巡洋艦「名取」が沈没し、その乗員数十名が捕虜としてウイスコンシンに送られてきた。そのなかに、少尉候補生が三名いた。押川義郎という名前を発見し、修平はただちにその宿舎を訪れた。

「押川候補生、君は押川兼郎を知っているか」

「はあ、兄であります」

「そうか、おれは四号のとき同じ分隊だった」

「兄も死んだかも知れません。戦闘機乗りで比島の基地にいましたから……」

幼な顔の残る頰を緊張させて、押川候補生は答えた。いつも眼を丸く見ひらき、真面目一点張りの押川の表情を修平は想い浮かべていた。押川は一号のとき十六分隊の伍長で、短艇係主任を勤め、短艇競技と宮島遠漕に優勝し、その頑張りぶりを讃えられた。修平の三十五分隊はそのどちらにも二番であった。

それからしばらくして、新たな捕虜が加わった。ある夜、修平は押川候補生に呼び出された。収容所の林のなかを歩きながら、候補生は言った。

「父が戦死しました。比島の海戦で、スリガオ海峡で巡洋艦が沈んだのです。敵弾が艦橋に直撃し、司令官だった父は艦と運命を共にしました。これで兄が死んでおれば、押川家は断絶です。あとには小さな弟が一人いますが……」

「断絶ではない。君がおるではないか」

「高田中尉、私の母方の祖父は日清、日露の海戦で有名な提督です。捕虜になった私を、母が家にいれるはずがありません」

「…………」

修平は頭をあげて林の枝の間から洩れる番兵塔（ウオッチタワー）の明かりをみつめた。冬が近く、北アメリカの夜は風が冷たかった。タワーでは哨兵が口笛を吹いていた。

「君のお母さんはそんなに厳しいのか」

「男まさりです。海軍提督の家系が自慢で、剛健な兄が自慢でした。私は画家になりたかったのですが……」

「………」

しばらく沈黙した後、

「先のことは、わからん。日本の運命も、自分のことも……」

と修平は言った。それが実感だった。

二

昭和二十年八月、日本は降服し、戦争は終わった。そのころテキサスの収容所にいた盛田修平は、約五十人の日本人将校と、八百人を越える下士官とともに、五日間汽車に乗せられて大陸を縦断し、十二月中旬シアトルに着いた。同じ太平洋とはいえ、カナダに近い北米の海は、黒味を帯びた濃紺に見えた。海はかなりシケた。海上で正月を迎え、一月三日、鷗が船尾に舞い、富士の山頂が白く見えた。捕虜たちは、めいめいに複雑な思いで、それを眺めていた。デッキを歩いていた修平は、てすりに手をかけて、日本の方をみつめている押川候補生を認めた。彼は航海中、輸送船勤務のマリン（海兵隊）の似顔絵を描いてやっては煙草をもらい、下士官に分けてやったりしていたが、いまはそれもやめていた。

「押川候補生、どうだ、富士を見た気持は……、君は日本は何年ぶりだ？」

「はあ、一年半ぶりであります」

「そうか、おれは十七年の暮れに鹿児島湾を出港したから、三年一ヵ月ぶりか」

そのとき、押川はかなり思いつめた調子で訊いた。

「高田中尉、この船は横須賀か浦賀に入ると聞きましたが、本当でしょうか」

「うむ、このコースだとそのへんだろうな。どうした、君の家は鹿児島だろう。佐世保の方がよかったか」

「いえ、母が来ると思います。母は逗子に住んでいますから……」

「そうか……」

修平は押川の横顔を見て、いとしいと思った。修平にも弟があり、上海の東亜同文書院に入ってからは、よく小遣いをせびる手紙をよこしていたが、この押川候補生の方が血を分けた実感があった。クラスメートの弟だからであろうか。

「押川候補生。あまり深刻に考えるな。日本は負けたんだ。君のおふくろさんの考えだけが正しいとは限らない」

そう語ったとき、

「野島崎が見えます。右舷です！」

十条の部下だった下士官が、松葉杖をつきながら知らせに来た。

房総半島西南端にある野島崎の灯台は、通常白浜の灯台と呼ばれる。白い灯台であり、それが不審そうに首をかしげているように修平には認められた。

——君たちは帰ってきたのか。太平洋で戦死したのではなかったのか……。

灯台はそう語りかけているように見え、その白さがいっそう、眼の奥に沁みた。

輸送船は浦賀に入港し、船内で一泊した後、艀は深い入り江の奥の桟橋に修平たちを運んだ。桟橋を上がり、うつむき気味にかなり急な坂を登ってゆくと、

「おい、盛田じゃないか」

突然、本名を呼ばれて、修平はたじろいだ。三年近い間、別の人間になっていたはずなのである。仰ぐようにしてみると、岸壁の上に同期生の細野が立っていた。

「まぁったくなあ。貴様が帰ってくるとはなあ。高垣のことはわかっていたが、貴様は戦死と認定されて、墓まで建っているんだからな。遺骨と称して、シャツの切れはしを入れた箱を運んだのはおれだぞ」

細野は昔の口癖を残しながら語った。

「貴様も、よく無事だったな」

「うむ、また胸をやられてな。海軍病院と鎮守府と教官を行ったり来たりさ。いまは復員業務だ。こいつが一番、性にあってら……」

「十条が死んだんだってな」

「うむ、聞いたか。最期のようすはよくわからない。遺体は、確認できたというが……」

「最期はおれの方が知ってる……」

そのとき、岸壁の上から女の叫ぶ声が聞こえた。

「押川はいませんか。押川義郎はいませんか……」

それを聞いて細野が言った。

「ああ、押川な、短艇係主任の……。あいつはこの三月、菊水特攻隊百五十機を率いて沖縄に突っこんだよ。二段進級だ。だから、クラスで、あいつだけは中佐さ」

「……………」

「それからな、矢沢って覚えているか。四号のとき、江田島は幻滅だといってやめた奴さ。あいつも特攻で死んだそうだぜ」

「特攻で……?」

「うむ、あいつは左翼にかぶれて、特高の取り締まりで拘置所にほうりこまれると、今度は転向して、愛国心に目ざめたらしい。予備学生を志願して、鹿児島の基地に行っていた。『矢沢が部下に来たんで、いっしょにイモチュウを呑んでいる』なんて押川から手紙をもらったことがあったっけ。まぁったくな、右へ行ったり、左へ行ったり、気ぜわしい奴だったな」

「まぁったくな……」

修平も、細野の真似をしてみたが、相手はかまわずにレポートをつづけた。

「それから、嶋之内少佐な、ほら、四号のときよく殴られた嶋之内伍長補な、あの人はいま比島にいるよ。マニラの市民虐殺の全責任を自分が背負って、戦犯で裁判を待っている。司令官が死んで、あの人が、先任参謀だったからだというが……」

細野の話を聞きながら、修平は岸壁の方に歩みよった。押川候補生が艀から上がってきた。

岸壁の上では、小さな男の子をつれた中年の婦人が待っていた。

押川はゆっくりと坂を登ると、黒い和服を着けたその女性と相対した。母にちがいないが、お母さん、とは呼ばなかった。

「兄ちゃん！」

かたわらの男の子が駆けよろうとするのを、婦人は制した。

「兄ちゃんではありません。三郎の兄ちゃんは、みな戦死したんです」

それを聞くと、修平は一歩その方に近よった。大柄な婦人は息子の顔を正面から凝視しながら言った。

「義郎ですね。復員局からの通知で知りました。お父さまが亡くなられたことを知っていますか。艦と運命を共にされた壮烈な戦死です。お兄さまの最期はまだ知らないでしょう。特攻隊の指揮官で体当たりをなさって、同期生中で九軍神の関野さんにつぐ、二階級特進です。家門の誉れです。押川家だけでなく伊知地家の名誉です。いえ、伊知地家あったればこそ、このような立派な軍人が生まれたのです。これだけ申しあげれば、おわかりでしょう。あなたはもう、押川家の人間ではありません。いいですか、これからわたしの言うことを、よくお聞きなさい。これはお父さまが、最後に出撃なさるとき、兼郎か義郎がもし帰ってきたら渡してくれ、と言っておいてゆかれた備前長船（おさふね）の短剣です」

そう言って婦人は、袂から紫色の布につつんだものをとり出すと、押川に手渡した。

「それから、お父さまのお墓は鎌倉の東慶寺にあります。正面を入った一番右の奥です。わかりましたね」

　婦人は、息子の顔をのぞきこむようにみつめた後、踵を返した。

「お兄ちゃん、いっしょに帰らないの？」

　不審そうな表情を示す男の子が、手をひきずられるようにして遠ざかって行った。修平は焦燥に似た感じでみつめていた。

　暗示をあたえるということばがあるが、この婦人があたえた暗示は何だろう。婦人は息子に暗示をあたえたつもりらしいが、自分はもっと業の深い暗示にかかっているのではないか。房の垂れた紫色の袋を握らされたまま、佇立している押川に近よると、修平は言った。

「行こう、押川候補生、話はあとだ」

　そのとき、細野が言った。

「あれが押川のおふくろか。話には聞いていたがなあ。まぁったくな、名門の女ってのは、だから嫌いだよ。人間より家柄が大切なんだからな」

　そこで思い出したように彼は言った。

「おい、盛田、貴様のおふくろさんも亡くなったぞ。去年の四月にな。やさしいおふくろさんだったが……」

　盛田は衝撃をうけたが、表には現わさなかった。押川候補生の肩を押すようにして、岸壁から、町の家並みの方へ歩いた。

「まぁったくな……」

って来た。

もろもろのものを弔うように、細野の呟く声が後ろに聞こえ、それが実感をともなって迫って来た。

修平たちの一団は、久里浜の元通信学校宿舎にひとまず落ち着いた。

「おい、復員手続きは明日だ。今夜は、ゆっくり休んでくれ」

国産のウイスキーを一本差し入れに来た細野は、つけたすように言った。

「おい、左近のことは聞いたか。あの暴れん坊だった……。あいつは、一式中攻に乗って、中部太平洋でずいぶん働いたが、木更津の航空隊で事故で死んだよ。高圧線の鉄塔にぶつかって、鉄塔をひんまげて、電線をひっかけたままレス（料理屋）街へ落ちたんだ。おかげで、あのへん一帯は電気が消えて、灯火管制がしやすかったというからな。最後まであいつらしいや」

細野はそれだけいうと部屋を出た。「まぁったくな」というかと期待していたが、それは言わなかった。

その夜、修平はなかなか寝つかれなかった。暖房がなく寒いので、PWというマークのついた捕虜の服のまま毛布にもぐった。やや誇張していえば、物の怪が襲って来そうな予感があり、それを待つ気構えになっていた。彼の部屋は六人部屋で、「飛龍」の機関科分隊長だった味岡大尉や、サイパンで捕らえられた浅川大尉などがいっしょだった。ベッドの下には、細野がおいていったウイスキーがあったが、それを飲む気にもなれなかった。

——夜半、人の動く気配で目ざめたところをみると、それでもまどろんだらしい。一つの影が扉をあけて外へ出るところだった。アメリカもののオーバーの背中にはPWと白いペンキのマークがあった。素早くオーバーを着けた修平は、そのあとをつけた。先へ行く影はオーバーの背を丸め、足音をひそめていた。寄宿を出抜け、便所の裏手へ回ったところで修平はその影をとらえた。

「押川候補生、待て！」

影は立ちどまり、しばらく静止した。

「どこへ行く！」

前に回った修平は、自分より背の高い相手の顔を見た。下弦の月が雲に蔽われ、雲が動き、弱い月明かりに、青年の顔がおぼろに浮かんだ。庇の長い捕虜の帽子をまぶかにかぶっているので、目元は見えなかった。

「どこへ行くのだ、答えてみろ、押川候補生！」

「厠です」

「ちがう！　君はいま鎌倉へ回るつもりだろう。東慶寺の押川中将の墓の前に行くつもりだろう」

「…………」

「それをよこせ！」

修平は押川に組みつくと、膂力を振るって、もがく押川を制し、オーバーの内側を探った。オーバーのボタンが一個千切れて飛んだ。

「君はこんなものを持って、東慶寺で腹を切って、それで亡くなったお父さんや兄貴が喜ぶと思っているのか?」

修平は房の垂れた袋のなかの短い金属製の武器を、布の上から握りしめながら言った。

「しかし、母が……」

「いいかげんにしろ! おふくろが何だ。いつまで甘ったれているんだ」

「いえ、やはり私は死ななければならない。死んで家門の恥を雪ぐのです。その短剣を返して下さい」

押川は短剣の袋を狙ってしがみついてきた。

「ばかもの! そんなに死にたければ、なぜ『名取』が沈むときいっしょに死ななかった。いま自分に一番大切なものは何だ」

修平はつきはなすと、

「押川候補生、気をつけ!」

と令した。押川は不動の姿勢をとった。

「脚をひらけ、歯を喰いしばれ!」

修平は短剣をオーバーのポケットにしまうと、拳をふるった。全力がこめられてあり、押川の体が大きくよろめいた。反射的に伍長補の嶋之内のことを思い浮かべながら、左と右に二撃あたえた。

「おい、押川。候補生と呼ばれるのも、今夜が最後で、明日からはシビリアンだ。これがおれの最後の命令だ。ついて来い」

修平は先に立って海岸の方に歩いた。岸壁があり、桟橋があり、鋭い月光が波に砕けていた。

「いいか、これが君の家柄だ、名門だ。このとおりだ」

修平は、大きなモーションをつけると、布の袋を沖に投げた。小さな飛沫が上がった。

「帰ろう。泣くな。ウイスキーでも呑もう」

二人は寝静まった復員収容所の庭を歩きはじめた。

海軍兵学校第六十八期生徒

　卒業生　二百八十八名

戦死者　二百二十名。

豊田穣文学／戦記全集・第十巻　平成三年九月刊

ＮＦ文庫

海兵四号生徒

二〇一七年十二月二十四日　発行
著　者　豊田　穣
発行者　皆川豪志
発行所　株式会社　潮書房光人新社
〒100-8077　東京都千代田区大手町一-七-二
電話／〇三-六二八一-九八九一㈹
印刷・製本　慶昌堂印刷株式会社
定価はカバーに表示してあります
乱丁・落丁のものはお取りかえ致します。本文は中性紙を使用
ISBN978-4-7698-3041-2　C0195
http://www.kojinsha.co.jp

ＮＦ文庫

刊行のことば

第二次世界大戦の戦火が熄んで五〇年——その間、小社は夥しい数の戦争の記録を渉猟し、発掘し、常に公正なる立場を貫いて書誌とし、大方の絶讃を博して今日に及ぶが、その源は、散華された世代への熱き思い入れであり、同時に、その記録を誌して平和の礎とし、後世に伝えんとするにある。

小社の出版物は、戦記、伝記、文学、エッセイ、写真集、その他、すでに一、〇〇〇点を越え、加えて戦後五〇年になんなんとするを契機として、「光人社ＮＦ（ノンフィクション）文庫」を創刊して、読者諸賢の熱烈要望におこたえする次第である。人生のバイブルとして、心弱きときの活性の糧として、散華の世代からの感動の肉声に、あなたもぜひ、耳を傾けて下さい。